■DUMONT

Als Anders eines Morgens erwacht, stellt er fest, dass er sich verwandelt hat: Er ist nicht mehr weiß. Vollkommen erschüttert schließt er sich in seiner Wohnung ein, meldet sich krank. Nur Oona erzählt er von seiner Verwandlung, einer guten Freundin und gelegentlichen Geliebten. Irgendwann wagt er sich wieder hinaus in die Welt und zur Arbeit. »Wenn mir das passiert wäre, ich hätte mich umgebracht«, sagt sein Chef.

Immer mehr Berichte über ähnliche Verwandlungen tauchen auf: Die weiße Mehrheit im Land scheint zur Minderheit zu werden. Und sie fühlt sich bedroht. Steht ein Umsturz der bestehenden Ordnung bevor? Bald herrschen bürgerkriegsähnliche Zustände in der Stadt. Oona, mittlerweile selbst verwandelt, steht Anders zur Seite, in den Wirren dieser Zeit werden sie zu einem Liebespaar. Schließlich gibt es kaum mehr weiße Menschen in der Stadt, Anders' Vater stirbt schwerkrank als der letzte weiße Mann. Die Unruhen klingen ab – aber gelingt es den Menschen nun, einander wirklich zu sehen?

Mohsin Hamid, geboren in Lahore, Pakistan, studierte Jura in Harvard und Literatur in Princeton. Heute lebt er mit seiner Familie in Lahore und London. Seine Romane wurden in über 30 Sprachen übersetzt. ›Der Fundamentalist, der keiner sein wollte‹ wurde von Mira Nair verfilmt. Bei DuMont erschienen zuletzt die Romane ›Exit West‹ (2017) und ›So wirst du stinkreich im boomenden Asien‹ (2013) sowie der Essayband ›Es war einmal in einem anderen Leben‹ (2016). Mit ›Der Fundamentalist, der keiner sein wollte‹ (2007) und ›Exit West‹ stand Mohsin Hamid auf der Shortlist des Man-Booker-Preises.

Nicolai von Schweder-Schreiner übersetzt aus dem Portugiesischen und Englischen, u. a. Jennifer Clement, Chigozie Obioma und José Saramago. 2020 wurde er mit dem Internationaler Literaturpreis HKW ausgezeichnet. Für seine Übersetzung von ›Der letzte weiße Mann‹ erhielt er zudem 2022 den Hamburger Literaturpreis.

Mohsin Hamid

DER LETZTE WEISSE MANN

Roman

Aus dem Englischen von
Nicolai von Schweder-Schreiner

DUMONT

Von Mohsin Hamid sind bei DuMont außerdem erschienen:

So wirst du stinkreich im boomenden Asien
Nachtschmetterlinge
Der Fundamentalist, der keiner sein wollte
Es war einmal in einem anderen Leben
Exit West

Dieses Buch wurde klimaneutral produziert.

ClimatePartner.com/17531-2110-1001

August 2023
DuMont Buchverlag, Köln
Alle Rechte vorbehalten
Copyright © 2022 by Mohsin Hamid
Die englische Originalausgabe erschien 2022 unter dem Titel
›The Last White Man‹ bei Riverhead, New York.
© 2022 für die deutsche Ausgabe: DuMont Buchverlag, Köln
Übersetzung: Nicolai von Schweder-Schreiner
Umschlaggestaltung: Lübbeke Naumann Thoben, Köln
Umschlagabbildung: © Hanka Steidle/plainpicture
Satz: Fagott, Ffm
Gesetzt aus der Baskerville
Druck und Verarbeitung: CPI books GmbH, Leck
Gedruckt auf säurefreiem und chlorfrei gebleichtem Papier
Printed in Germany
ISBN 978-3-8321- 6695-3

www.dumont-buchverlag.de

Für Becky

ERSTER TEIL

Anders spürte kaum die Schmerzen in der Hand, so aufgewühlt war er, er zitterte, erst kaum merklich, dann stärker, als stünde er vollkommen ungeschützt draußen in der Winterkälte, und so zog es ihn zurück ins Bett, unter die Decke, wo er lange liegen blieb und sich versteckte, damit dieser Tag, der gerade erst begonnen hatte, bitte, bitte doch nicht begann.

*

Anders wartete darauf, dass der Spuk ein Ende nahm, dass alles wieder war wie vorher, jedoch vergeblich, die Stunden vergingen, und irgendwann wurde ihm klar, dass man ihn bestohlen hatte, dass er Opfer eines Verbrechens geworden war, das ihm immer schrecklicher erschien, weil es ihm alles genommen hatte, sogar ihn selbst, denn wie konnte er jetzt noch behaupten, Anders zu sein, wie konnte er Anders sein, wo ihm dieser andere Mann entgegenstarrte, aus dem Handy und im Spiegel, dabei versuchte er ja schon, nicht ständig nachzusehen, tat es dann aber doch, nur um erneut mit seinem Elend konfrontiert zu werden, und selbst wenn er es nicht tat, entkam er doch dem Anblick seiner dunklen Arme und Hände nicht, was ihn umso mehr erschreckte, als er sie zwar jetzt unter Kontrolle hatte, es aber keine Garantie gab, dass dies so bleiben würde, und er war nicht sicher, ob die Vorstellung, erwürgt zu werden, die ihm wie eine böse Ahnung immer wieder durch den Kopf schoss, ihm Angst machte oder ob es genau das war, was er wollte.

Ohne jeden Appetit versuchte er, ein Sandwich zu essen und möglichst ruhig und gelassen zu bleiben, bestimmt würde alles gut werden, sagte er sich, allerdings nicht sehr überzeugt. Er hätte gern geglaubt, sich irgendwie zurückverwandeln oder geheilt werden zu können, bezweifelte es aber jetzt schon, und als er sich fragte, ob er sich das alles vielleicht nur einbildete, und es testete, indem er ein Foto von sich machte und in ein digitales Album packte, konnte der Algorithmus, der bisher immer so sicher und zuverlässig seinen Namen vorgeschlagen hatte, ihn nicht identifizieren.

Normalerweise machte es Anders nichts aus, allein zu sein, aber in seinem Zustand kam es ihm vor, als wäre er nicht allein, sondern in feindseliger Gesellschaft, zu Hause eingesperrt, er traute sich nicht rauszugehen, also lief er vom Computer zum Kühlschrank zum Bett und zum Sofa, quer durch die kleine Wohnung, weil er es einfach nicht aushielt, auch nur eine Minute an einer Stelle zu bleiben, aber sich selbst, Anders, konnte Anders nicht entkommen. Das ungute Gefühl folgte ihm auf Schritt und Tritt.

Und so fing er irgendwann an, sich selbst zu untersuchen, die Struktur der Haare auf der Kopfhaut, die Stoppeln im Gesicht, das Muster der Linien an den trockenen Händen, die kaum noch sichtbaren Adern, die Farbe der Zehennägel, die Muskeln an den Waden und, nachdem er sich hektisch die Hose runtergezogen hatte, seinen Penis, der ihm in Größe und Gewicht unauffällig vorkam, außer eben dass es nicht seiner war, was natürlich grotesk war und vollkommen unakzeptabel, wie ein Meerestier, das es nicht hätte geben dürfen.

*

Am ersten Tag meldete Anders sich krank. Am zweiten Tag schrieb er, er sei kränker als angenommen und fiele wahrscheinlich die ganze Woche aus, woraufhin sein Chef anrief, und als Anders nicht ranging, schickte er ihm eine Nachricht, er hoffe für ihn, dass er im Sterben liege, danach ließ er ihn dann in Ruhe, schrieb allerdings eine Stunde später noch: Wer nicht arbeitet, kriegt auch kein Geld.

Seit seiner Verwandlung hatte Anders niemanden gesehen und war auch nicht scharf darauf, leider waren jedoch Milch, Hähnchenbrust und Thunfisch alle, und ein vernünftiger Mensch konnte eben nur eine bestimmte Menge an Proteinpulver zu sich nehmen, was bedeutete, dass er die Wohnung verlassen und sich der Welt stellen musste oder zumindest dem Verkäufer im Supermarkt. Er setzte sich eine Cap auf und zog sie tief in die Stirn.

Sein Auto, das früher mal seiner Mutter gehört hatte, war ungefähr halb so alt wie er, die Arbeiter, die es montiert hatten, längst im Ruhestand, entlassen oder durch Roboter ersetzt, und wenn man beschleunigte, schaukelte es ein bisschen, und noch mehr, wenn man die Fahrtrichtung änderte, wie ein Tänzer mit biegsamer Taille oder ein Betrunkener, aber der Austauschmotor reagierte erfreulich schnell, er schien einen guten Eindruck machen zu wollen, außerdem hatte Anders' Mutter gern klassische Musik gehört, also hatte sein Vater dafür gesorgt, dass die Anlage gut klang, klare Höhen, saubere Mitten und, wie es Anders vorkam, ein für heutige Verhältnisse dezenter, bewusster Mangel an Wumms in den Bässen.

Auf dem Parkplatz vor dem Supermarkt merkte er, wie ihn jemand ansah und dann wegsah, dasselbe passierte ihm im Gang mit den Milchprodukten. Er wusste nicht, was die Leute dachten, ob sie überhaupt irgendetwas dachten, und wahrscheinlich bildete er sich die Feindseligkeit und Ablehnung in ihren Blicken nur ein. Er erkannte den Kassierer, der seine Einkäufe abscannte, der Kassierer ihn allerdings nicht, und als Anders ihm seine Kreditkarte reichte, bekam er kurz Panik, aber der Mann warf nicht mal einen Blick darauf, weder auf den Namen noch auf die Unterschrift, und reagierte auch nicht auf sein gemurmeltes Danke und Wiedersehen, er zuckte nicht mal mit der Wimper, als hätte Anders gar nichts gesagt.

Als Anders ins Auto stieg, kam ihm der Gedanke, dass die Leute, die er gesehen hatte, alle weiß waren und er vielleicht paranoid war und in manchen Gesten eine Bedeutung las, die sie gar nicht hatten, und an der nächsten Ampel schaute er in den Rückspiegel und suchte in seinem Blick nach etwas Weißem, irgendwo musste es doch sein, vielleicht in seinem Gesichtsausdruck, aber da war nichts, und je länger er hinsah, desto weniger weiß kam er sich vor, als wäre das Suchen danach das genaue Gegenteil von Weißsein, als rückte es dadurch nur noch weiter weg, es ließ ihn verzweifelt wirken, unsicher, so als gehörte er nicht hierher, wo er doch hier geboren war, verdammt, dann hörte er hinter sich ein lautes, anhaltendes Hupen und fuhr über die Ampel, die schon eine Weile grün war, und die Frau im Wagen hinter ihm scherte aus, um ihn zu überholen, ließ wütend das Fenster runter, fluchte wie eine Irre und schoss davon, und er tat nichts, gar nichts, brüllte nicht zurück, lächelte nicht entwaffnend, nichts, als wäre er geistig zurückgeblieben, dabei war sie hübsch, ziemlich hübsch sogar, jedenfalls bevor sie ihn anbrüllte, und als er nach Hause kam, fragte er sich, wie er wohl reagiert hätte, wie er hätte reagieren können, wenn sie gewusst hätte, dass er weiß war, oder wenn er selbst es gewusst hätte, denn plötzlich, und das war wirklich eine schwerwiegende Erkenntnis, war er sich nicht mehr sicher.

Anders nahm einen Zug von seinem Joint und inhalierte tief und lange, aber vielleicht war das ein Fehler, denn als das Mittagessen fertig war, hatte er keinen Hunger mehr, stattdessen packte ihn eine nervöse Unruhe, die er, wie er aus Erfahrung wusste, am besten durch Weiterrauchen bekämpfte, also rauchte er weiter, starrte auf sein Handy und surfte durchs Internet, und am Ende gab es das Mittagessen zum Abendessen.

Anders hätte gern mit seiner Mutter gesprochen, gäbe es einen Menschen, mit dem er jetzt hätte reden können, dann sie, aber sie war vor ein paar Jahren gestorben, vom Wasser, wie sie wussten, das nicht gut roch und nicht gut schmeckte, was sich aber irgendwann besserte, und als dann der Krebs kam, der sie von innen zerfraß, wie so viele andere Menschen auch, war schwer zu beweisen, dass es da einen Zusammenhang gab, vor Gericht jedenfalls, ja, und in den letzten Monaten konnte sie kaum noch sprechen, es kam nur noch ein heiseres Krächzen, und irgendwann wollte sie, dass es vorbei war, das Ende war also ein Segen.

Aber bevor sie krank wurde, hatte sie ihm immer zugehört, sie hatte uneingeschränktes Vertrauen in ihren Sohn, sie führte lange Gespräche mit ihm, wenn es eigentlich zu spät zum Reden war, las ihm im Bett vor, wenn es zu spät zum Lesen war, und als er mit sieben in ihre Klasse kam, war es das Schönste für ihn, weswegen er sich im Jahr darauf weigerte, versetzt zu werden, und noch zwei Wochen bei ihr blieb, bevor er sich, widerwillig, doch noch überreden ließ, und sie war es auch, die ihn zum Lesen brachte und dazu, sich ordentlich auf seine Prüfungen vorzubereiten, und die wollte, dass er aufs College ging, auch wenn sie dann gestorben war, und letztendlich, wie das Leben so spielte, war er dann doch nicht gegangen, obwohl er, für sie, aber auch für sich selbst, immer noch hoffte, es eines Tages zu tun, oder eines Abends, zumal ihm Abendkurse eher praktizierbar erschienen.

In der Highschool hieß es immer, das Schönste an ihm sei sein Lächeln, es hätte so was Entspanntes, Positives, irgendwie Großzügiges und Einladendes, das hatte er von sei-

ner Mutter geerbt, es kam quasi aus ihrem Gesicht in seines,
und jetzt vermisste er es, das Gefühl, das diesem Lächeln
zugrunde lag, und Anders wusste nicht, ob es je zurückkommen würde.

2

ALS OONA ANS HANDY GING, war sie gerade mit Meditieren fertig und in einem, wenn auch nur vorübergehend, ausgeglichenen Zustand, dieses Gefühl, dass man kurz ganz oben auf der Welle der eigenen Gedanken geschwommen ist und gern dort bleiben würde, aber allein der Wunsch danach, das Wünschen überhaupt, einem den Auftrieb nimmt und man von der nächsten Welle nach unten gerissen wird.

Sie hörte die Panik in Anders' Stimme, ließ ihn reden, und als er gar nicht mehr aufhörte, versuchte sie, ihn zu beschwichtigen, ihm gut zuzureden, war aber mit dem Herzen nicht richtig dabei, stattdessen stellte sich eine gewisse Distanziertheit ein, denn während er ihr das alles erzählte, dachte sie, in erster Linie und zunehmend, an sich selbst.

Oona war zurück in die Stadt gezogen, um ihrer Mutter zu helfen, mit dem Tod ihres Sohnes, Oonas Zwillingsbruder, fertigzuwerden, der sich schon lange angekündigt hatte, vielleicht seit der ersten Pille damals mit vierzehn, und auch für den unwahrscheinlichen Fall, dass er seine Schwester an seinem Sterbebett bei sich wollte, dass er überhaupt irgendetwas in der Art wollte, dass das Bedürfnis nach anderen Menschen noch stark genug war, um das nach chemischen Substanzen zu verdrängen, wobei man mit einer solchen Hoffnung ziemlich allein dastand, wenn Tausende, ja vielleicht Millionen dagegenarbeiteten, und so war ihr Bruder wie zu erwarten allein gestorben, nur wenige Kilometer von seiner Familie entfernt.

Oona tadelte sich also nicht dafür, nur an sich zu denken, während Anders ihr seine tragische Situation schilderte. Sie mochte ihn gern, aber es war nur ein kürzlich aufgefrischter Highschool-Flirt, in ihren Augen etwas Vorübergehendes, ein Zeitvertreib, eine Ablenkung, und Oona ging nicht davon aus, in dieser neuen Situation besonders viel beitragen zu können, ihre emotionalen Reserven waren mehr als erschöpft, sie musste sich erst mal auf sich selbst, ihr eigenes Überleben konzentrieren, es war ihr gutes Recht, Anders abzuwürgen, zu sagen, sie müsse los, und seine Anrufe eine Weile lang zu ignorieren, bis sie irgendwann nachließen, und genau das war auch ihr Plan, als sie erklärte, sie müsse jetzt zum Unterricht, dann allerdings fügte sie zu ihrer eigenen Überraschung hinzu, sie würde abends, nach der Arbeit, bei ihm vorbeischauen.

Und zu ihrer noch größeren Überraschung tat sie genau das.

*

Die Fahrt mit dem Fahrrad von der Arbeit dauerte weniger als eine Viertelstunde, die Strecke führte vom wohlhabenderen Teil der Stadt in den ärmeren, es war noch nicht dunkel, aber es hatten nur noch die Tankstellen, die Bars, Restaurants und Kioske auf, jeweils zwischen zwei und einer Handvoll, nicht mehr. Der Anteil an leeren Schaufenstern nahm im Laufe des Weges zu, und die Menschen, die diese verfallenen Räumlichkeiten wahrscheinlich schon vor längerer Zeit ausgespuckt hatten, sah man an den Ecken an Straßenschildern lehnen und auf Pappkartons in Baulücken liegen.

Anders nannte sein Zuhause seine Hütte, es war tatsächlich klein, ein einziger Raum, wie ein Erdgeschoss, das noch irgendwohin hochführte, was es aber nicht tat. Oona hämmerte gegen die dünne Tür und ging direkt hinein, ohne eine Reaktion abzuwarten. Es war selten abgeschlossen. Sie wollte diejenige sein, die ihn entdeckte, sie fand die Vorstellung angenehmer, ihn bei etwas zu überraschen, als darauf zu warten, dass er ihr sein neues Ich präsentierte und dann zusah, wie sie reagierte, aber wie es der Zufall wollte, war er auf der Toilette, also musste sie trotzdem warten.

Die Wohnung wirkte sauber und aufgeräumt, alles war an seinem Platz, nicht dass Anders besonders viele Sachen gehabt hätte, außer Büchern, davon allerdings Unmengen, jedenfalls mehr als die meisten jungen Männer, sie stapelten sich an der Wand auf Holzbrettern und Betonziegeln, der einfachsten Form von Bücherregalen, und erinnerten Oona daran, wie bücherbesessen er als Teenager gewesen war, was man ihm allerdings nicht ansah.

Als er dann rauskam, konnte sie es kaum fassen, nicht bloß, weil seine Haut viel dunkler war, sondern weil er auch sonst vollkommen anders aussah, mal abgesehen von der ungefähren Größe und Breite. Sogar der Ausdruck in den Augen war ein anderer, vielleicht war es aber auch die Angst, seine, nicht ihre, jedenfalls merkte sie, obwohl sie ja schon Bescheid wusste, nur an seiner Stimme, dass er es tatsächlich war.

»Siehst du?«, sagte er.

»Verdammt«, erwiderte sie.

Er setzte sich aufs Sofa, und nach kurzem Zögern setzte sie sich zu ihm, und sie redeten, und natürlich erwartete er, dass sie ihn tröstete, aber das wollte sie nicht, sie hatte keine Lust, sich in diese Rolle zwängen zu lassen, nicht schon wieder, und auch nicht, ihn anzulügen, zumal sie nicht wusste, was das bringen sollte, also erzählte sie ihm ganz offen, was sie dachte, dass er wie ein anderer Mensch aussähe, nicht nur wie ein anderer Mensch, sondern eine andere Art Mensch, vollkommen anders, und dass jeder, der ihn sähe, dasselbe denken würde, das war natürlich hart, aber so war es nun mal.

Er hatte Tränen in den Augen, weinte aber nicht, sie blieben in den Wimpern hängen, er blinzelte, kniff die Lippen zusammen und fragte, ob sie einen Joint rauchen wollte, rang sich sogar ein Lächeln ab, worauf sie, riskanterweise, aber unwillkürlich, zurücklächelte und antwortete, Ja, verdammt, natürlich.

Er baute, und sie rauchten, wie schon so oft, dann schwiegen sie eine Weile, träumten vor sich hin, und schließlich nickte er in Richtung Bett und fragte, ob sie nicht bleiben wolle, und sie dachte nach, sah ihn an, immer noch verunsichert von seinem Äußeren, und noch mehr von seiner Verletztheit und Verletzlichkeit, und als er aufstand und zum Bett ging, ging sie nicht hinterher und gab ihm auch kein Zeichen, nicht bevor er anfing, sich auszuziehen, und da tat sie dasselbe, ganz vorsichtig, und sie legten sich zusammen hin, fast ein wenig misstrauisch, als würde der eine dem anderen nachstellen, wobei nicht klar war, wer von ihnen nachstellte und wem nachgestellt wurde, vielleicht galt beides für beide, in gewisser Hinsicht, und so kam es, dass sie an dem Abend Sex hatten.

Anders arbeitete im Fitnessstudio, und Oona unterrichtete Yoga, ihre Körper waren jung und fit, und falls wir, die wir dies schreiben oder lesen, mit einer Art voyeuristischem Vergnügen uns an ihrem Geschlechtsakt ergötzen würden, könnte man uns das durchaus nachsehen, denn auch sie erlebten etwas nicht ganz Unähnliches, die hellhäutige Oona, die sich mit einem dunkelhäutigen Unbekannten abmühte, und der Unbekannte, Anders, der dieselbe Szene sah, sie machten ihre Sache gut, intuitiv, berührten sich, wo sie, unerwartet oder nicht, eine verstörende Befriedigung empfanden.

*

Danach blieb ein seltsames Gefühl des Verrats, das ihnen beiden den Schlaf raubte. Oona stieg mitten in der Nacht aus dem Bett, zog sich an, ging ohne ein Wort aus dem Haus, schloss ihr Fahrrad los und trat in die Pedale. Anders' Straße war stockdunkel, und auch auf den Hauptstraßen war die Beleuchtung lückenhaft, als fehlten ihr Zähne. Hätte sie geahnt, dass sie so lange bleiben oder so früh gehen würde, wäre sie mit dem Auto gekommen.

Oona widerstand dem Drang, sich umzusehen oder rüber zu dem Pick-up zu sehen, der eine Weile neben ihr fuhr, und als sie nach Hause kam, trug sie das Fahrrad die Stufen hoch, vorbei an den Schildern der Nachbarschaftswache und der Sicherheitsfirma und durch die Eingangstür in den Hausflur, wo sie es abstellte, etwas weniger auf dem Präsentierteller, und ging dann hoch, hörte ihre Mutter atmen, eher ein gelegentliches Schnaufen als regelmäßiges Schnarchen, und stand endlich in ihrem Zimmer, das, so wie auch das Zimmer ihres Bruders, noch genauso aussah wie bei ihrem Auszug, und obwohl Oona bei ihrer Rückkehr Poster, Aufkleber und Memorabilia aus der Schulzeit entfernt und durch Pflanzen, Fotos und Arbeitsutensilien ersetzt hatte, Insignien ihres Erwachsenenlebens, fühlte es sich immer noch an wie ein Kinderzimmer.

Als sie aufwachte, sah Oona, dass sie eine Nachricht von Anders hatte, antwortete aber nicht. Stattdessen absolvier-

24

te sie erst mal den Sonnengruß, konzentrierte sich auf ihr Gleichgewicht und das, was sie im Unterricht ihre Leichtigkeit nannte, natürliche, geschmeidige Bewegungen. Sie stellte eine gewisse Steifheit an sich fest, sowohl körperlich als auch mental, eine Art Anspannung, gegen die sie mit Meditation angehen wollte, leider schoben sich jedoch immer wieder Gedanken an den gestrigen Tag dazwischen, also versuchte sie stattdessen möglichst achtsam das Frühstück für sich und ihre Mutter zuzubereiten, Overnight Oats mit Beeren und Nussmus, was ihre Mutter mit einem erstaunten Kopfschütteln quittierte.

»Das bringt einen ja um, so gesund ist das.«

Oona zog eine Augenbraue hoch. »Das ist der Plan.«

Nach dem Frühstück kümmerte sich Oona um die Medikamente für ihre Mutter, jeweils eins für Cholesterinspiegel, Blutzucker, Blutdruck, Blutverdünnung, Depressionen und Angstzustände, die über den Tag verteilt in unterschiedlichen Dosen und Kombinationen eingenommen werden mussten. Früher war ihre Mutter genauso groß wie Oona gewesen, jetzt war sie ein Stück kleiner, wog doppelt so viel und sah erheblich älter aus, als sie war, nur wenn sie ein Nickerchen machte, sauste ihr Gesicht manchmal in der Zeit zurück und ähnelte kurz dem eines Babys.

»Die Menschen verändern sich«, sagte ihre Mutter.

»Welche Menschen?«, fragte Oona.

»Überall«, erwiderte sie und dann, bedeutungsvoll: »Menschen wie wir.«

Es war das Übliche, diesmal ging es um Weiße, die plötzlich nicht mehr weiß waren, zwischendurch sah Oona eine neue Nachricht von Anders auf ihrem Handy aufleuchten, las sie aber nicht und fragte stattdessen ihre Mutter, woher sie das wisse, worauf ihre Mutter sagte, aus dem Internet, und Oona sagte, dass sie nicht glauben solle, was im Internet steht, und es war ernst gemeint, sie sagte das aus Gewohnheit und mit voller Überzeugung in der Stimme, und erst einen Augenblick später, als sie darüber nachdachte und ihre Worte wiederholte, täuschte sie die Aufrichtigkeit in ihrem Tonfall nur vor.

Oonas Mutter hatte sich nicht oft in Fantasien verstiegen, als Oona und ihr Bruder noch Kinder waren, und wenn doch, dann war die Fantasie, in der sie lebte, eine ganz gewöhnliche, der Glaube, dass das Leben gerecht war und am Ende gut ausgehen würde und dass gute Menschen wie sie im Wesentlichen bekamen, was sie verdienten, und Ausnahmen eben Ausnahmen waren, Tragödien, nach der Geburt der Zwillinge hatte sie nicht mehr gearbeitet, und als ihr Mann trotz bester Gesundheit überraschend früh starb, hinterließ er ihr zwar genug Geld, um über die Runden zu kommen, nahm ihr aber diese Fantasie und ließ sie allein mit dem schleichenden Verlust ihres Sohnes, in einer Welt, in der man auf sich selbst gestellt war und in der alles immer schlimmer wurde, immer schlimmer und gefährlicher, man musste sich nur umsehen, überall Verbrechen, Schlaglöcher in den Straßen, und dann die ganzen durchgeknallten Leute, die heutzutage auftauchten, wenn man mal einen Klempner oder Elektriker rief, jemanden, der einem im Garten half oder bei irgendwas anderem.

Oona hatte manchmal das Gefühl, jetzt für ihre Mutter Mutter zu sein, vielleicht war Mutter nicht das richtige Wort, vielleicht war Tochter auch okay, beide Wörter bedeuteten auf jeden Fall mehr, als sie früher gedacht hatte, beide hatten ihre zwei Seiten, das Tragen und das Getragenwerden, am Ende war beides dasselbe, wie bei einer Münze, die Frage war nur, welche Seite oben lag.

Oona ließ ihre Mutter ausreden, diskutieren hätte sowieso nur geheißen, die Sache unnötig in die Länge zu ziehen, sie konnte nur verlieren, und als ihre Mutter merkte, dass sie ihr diese Genugtuung nicht ließ, wanderte ihr Blick in Richtung des Zimmers mit dem großen Fernseher, also hängte Oona sich den Rucksack um, schnappte sich ihr Fahrrad und marschierte zur Tür.

»So hübsch, wie du bist«, rief ihre Mutter ihr nach, »solltest du dir eine Pistole besorgen.«

3

IN DEN TAGEN DARAUF fühlte Anders sich irgendwie
bedroht, wenn er durch die Stadt lief, was er so wenig wie
möglich tat, und obwohl das auf eine andere Art riskant war,
trug er einen Hoodie, sodass man von der Seite sein Gesicht
nicht sehen konnte, und wäre es an diesen herrlichen ersten
Herbsttagen kälter gewesen, hätte er auch noch Handschuhe
getragen, aber das wäre angesichts der Temperaturen lä-
cherlich gewesen, also ließ er die Hände in den Taschen ste-
cken und hängte sich einen Rucksack über die Schulter, um
seine Besorgungen zu transportieren, Zigarettenpapier, Brot
oder ein Ladekabel für sein Handy, sodass er die Hände nur
kurz herausziehen musste, um eine Tür zu öffnen oder etwas zu bezahlen, dann blitzte kurz die braune Haut auf, wie
ein Fisch, der an die Oberfläche schießt und gleich wieder
verschwindet, weil gesehen zu werden zu riskant war.

Menschen, die ihn kannten, erkannten ihn nicht mehr.
Er fuhr im Auto oder lief auf der Straße an ihnen vorbei, wo
sie ihm manchmal absichtlich Platz machten und er, ohne

groß nachzudenken, dasselbe tat. Niemand stieß ihn an, niemand stach auf ihn ein oder schoss auf ihn, niemand packte ihn, niemand brüllte ihn an, abgesehen von der Frau im Auto, jedenfalls noch nicht, Anders wusste nicht recht, warum er sich bedroht fühlte, aber das Gefühl war da und war stark, und als er merkte, dass er für die Menschen, deren Namen er kannte, ein Fremder war, versuchte er, sie möglichst nicht anzusehen, damit sie seine Blicke ja nicht missverstanden.

Fast genauso verstörend war das Gefühl, von jemand erkannt zu werden, den er nicht kannte, jemand Dunkelhäutigem, der an der Bushaltestelle wartete, einen Mopp schwang oder in einer Gruppe hinten auf einem Pick-up saß, einer Gruppe, die, es half alles nichts, wie eine Horde Tiere aussah, nicht wie Menschen, die von einem Ort zum anderen gefahren wurden, in Wirklichkeit war es sogar noch verstörender, der Moment, wenn ein dunkelhäutiger Mann ihn, Anders, ansah, als würde er ihn kennen, wenn ihre Blicke sich kurz trafen, weder freundschaftlich noch feindlich, so wie sich Blicke eben trafen, wie bei ganz normalen Menschen, und wenn das passierte, sah Anders jedes Mal schnell wieder weg.

Anders konnte sich nicht überwinden, es seinem Vater zu erzählen, warum genau, wusste er nicht, vielleicht weil er immer das Gefühl hatte, dass sein Vater etwas enttäuscht von ihm war, und das hier nur noch dazu beitragen würde, vielleicht aber auch, weil sein Vater schon genug am Hals hatte und Anders ihn nicht noch mehr belasten wollte, oder vielleicht weil solange sein Vater es nicht wusste, es vielleicht gar nicht wirklich passiert war und Anders immer noch Anders war, dort in dem Haus, in dem er aufgewachsen war, und dadurch, dass er es ihm erzählte, würde er alles kaputtmachen, dann wäre alles anders, und zwar unwiderruflich, aber warum auch immer, er wartete und wartete, bis er es ihm irgendwann erzählte.

Und zwar am Telefon, was natürlich feige war, aber er konnte sich partout nicht vorstellen, bei ihm vorbeizufahren und es einfach so zu sagen, wer weiß, ob sein Vater ihn überhaupt erkannt hätte, außerdem hatte er es Oona auch am Telefon erzählt, also machte er es jetzt genauso, woraufhin sein Vater beim ersten Mal direkt auflegte und beim zweiten fragte, ob er high sei und ob er das witzig fände, und als Anders beides verneinte, fragte er in einem ihm, Anders, vertrauten, reservierten Tonfall, ob sein Sohn ihn etwa einen Rassisten nennen wolle, worauf Anders erwiderte, ganz bestimmt nicht, und sein Vater sagte, dann zeig es mir, du Klugscheißer, komm her und zeig es mir, wenn du kannst.

Anders' Vater hatte ihn nur einmal richtig geschlagen, Ohrfeigen hatte es ein paarmal gegeben, aber eine ordentliche Tracht Prügel nur das eine Mal, das hatte seine Mutter immer verhindert, und als es dann doch passierte, war es, weil Anders mit einem geladenen Gewehr gespielt hatte und es aus Versehen losgegangen war, obwohl sein Vater ihn mehrmals gewarnt hatte, damals war Anders zwei Köpfe kleiner als sein Vater, und sein Vater, dachte Anders, hatte ihn zu Recht geschlagen, aber Anders hatte es nie vergessen, weder die Prügel noch die Lektion, und genau das war der Punkt, Waffen waren eine Stufe auf dem Weg zum Tod und mussten als solche mit Respekt behandelt werden, wie ein Sarg oder ein Grab oder ein Wintermahl, damit war nicht zu scherzen, und als er jetzt zu seinem Vater fuhr, musste Anders, obwohl er der Größere und Schwerere von beiden war, aus irgendeinem Grund die ganze Zeit an diese Prügel denken.

Anders' Vater war Polier beim Bau, hager und krank bis ins Mark, aber er traute den Ärzten nicht und weigerte sich, zu einem zu gehen, und seine blassen Augen leuchteten glasig, als hätte er Fieber, so sahen sie aus, seit Anders' Mutter gestorben war, oder seit sie krank geworden und klar war, dass es keine Heilung gab, oder vielleicht auch schon davor, da war Anders sich nicht sicher, aber trotz aller Hagerkeit hielt er den Rücken gerade, und seine Unterarme waren stramm wie Seile, er konnte ohne zu schwanken erstaunlich schwere Lasten tragen und hatte eine Power, die einem Angst machen konnte, wenn Anders ehrlich war, und jetzt stand er da vor seinem Haus und sah seinen Sohn an, der ihn immer an seine Frau erinnert hatte, Anders' Mutter, nicht dass der Junge besonders zart gewesen wäre, aber zu nett, netter, als gut für ihn war, und zu verträumt, aus demselben Holz geschnitzt wie seine Mutter, und als er seinen Sohn jetzt sah, als er ihn näher kommen sah, war das alles nicht mehr da, sie war nicht mehr da, und dieser Junge, der alles so kompliziert machte, der seinen Weg noch nicht gefunden hatte, dieser Junge, das konnte Anders' Vater sehen, würde es schwer haben, und seine Mutter war tatsächlich nicht mehr zu erkennen in ihm, und er, Anders' Vater, stand da, Zigarette im Mund, eine Hand am Ärmel seines Sohnes, die andere steif am Körper, und er weinte, ein Weinen wie ein Schaudern, ein endloses, lautloses Husten, und starrte diesen Mann an, der mal Anders gewesen war, bis sein Sohn ihn ins Haus führte und sie beide sich endlich setzten.

*

An ihrem freien Tag fuhr Oona in die Stadt, um sich mit einer Freundin zu treffen, die Stadt, in der sie aufs College gegangen war, bis sie ihr Leben dort immer wieder neu oder vielleicht auch ganz aufgab, da war Oona sich nicht ganz sicher, früher dachte sie Ersteres, aber sie war Realistin, und sie wusste, dass jeder Monat, den sie weg war, eine mögliche Rückkehr erschwerte, dessen war sie sich bewusst, so funktionierte eine Stadt eben, es war der Preis, den man zahlen musste, darauf musste man gefasst sein, und das war sie auch, meistens, sie zahlte diesen Preis, aber sie vermisste die Stadt, sehr sogar, vor allem heute, auf der dreistündigen Fahrt, als sie spürte, wie sie nach ihr rief.

Als sie die Brücke über den Fluss überquerte und die Hochhäuser sah, hatte sie das Gefühl, eine andere Welt zu betreten, eine andere Oona zu werden, es erschien ihr unmöglich, einfach rechts ranzufahren und aus dem Auto zu steigen, hinaus auf die Straßen, die sie so gut kannte, aber das war es nicht, und so lief sie in den Park in ihrem alten Viertel, holte aus dem Getränkeladen eine Flasche Wein und sah die Lichter vor dem Abendhimmel angehen, und dann saß sie auch schon in der kleinen Wohnung ihrer Freundin, der Wein war offen und draußen vor den Fenstern lag die Stadt, und wenn sie gewollt hätten, hätten sie so tun können, als wäre überhaupt keine Zeit vergangen.

Dann redeten sie, Oona wollte nicht über ihren Bruder reden, aber als ihre Freundin fragte, tat sie es doch, die Stimmung änderte sich, und es war wieder jetzt und nicht damals. Sie mussten etwas essen, also gingen sie aus, und während sie aßen, tranken sie, und die Schwere wich von ihnen, sie gingen in eine Bar, in der Oona noch nie gewesen war, tranken dort weiter, wurden von Männern angebaggert, es wurde getanzt, sie spürte einen Körper an ihrem, Berührungen durch den Stoff, ein sexuelles Angebot, ein gemeinsamer Rhythmus, die Überlegung, mit ihm mitzugehen, mehr als eine Überlegung, der Beginn von etwas, Verlangen, aber auch Müdigkeit, eine Entschuldigung, sie müsse morgen früh raus, ein unruhiger Schlaf im Schlafsack ihrer Freundin, auf einem Stück nackten Fußboden, früh morgens dann der Wecker, sie, die nie einen Wecker benutzte, und dann schon wieder auf dem Highway, mit einem großen Kaffee statt dem üblichen Morgenritual, unter einem blutroten Himmel, der pochende Kopf voller Gedanken, die Musik leise, zurück nach Hause, weil sie gegen Mittag rechtzeitig zu ihrem Kurs zurück sein und dann alles aus sich herausholen musste.

*

Anders schrieb Oona mehrere Nachrichten, die sie nur unregelmäßig beantwortete, in seinen Augen immerhin oft genug, um ihr am nächsten oder am übernächsten Tag erneut zu schreiben, in ihren oft genug, um nicht komplett herzlos zu erscheinen, wobei die Tatsache, dass sie ihm überhaupt schrieb, ihr schon nicht richtig vorkam, deswegen antwortete sie absichtlich nicht sofort, um den Eindruck zu erwecken, besser mit der Situation klarzukommen, als sie es in Wirklichkeit tat, nämlich im Grunde gar nicht.

Aus dem ganzen Land tauchten Nachrichten von Menschen auf, die sich über Nacht verwandelt hatten, äußerst fragwürdige Berichte, im Grunde nicht der Rede wert, über die sich zu Recht lustig gemacht wurde, die aber später von durchaus seriösen Stimmen aufgenommen wurden, als ein Thema, dem man nachgehen müsse, dem nachgegangen wurde und das offenbar tatsächlich ein Thema war.

Als Oonas Mutter eines Abends von unten rief, es käme gerade im Fernsehen, in den Nachrichten interviewten sie jemanden, der nicht mehr weiß war, und dann, als Oona neben ihr stand, sagte, siehst du, siehst du, das ist der Beweis, sah Oona eine Weile zu und ging dann raus, um Anders anzurufen.

Hinter Oonas Haus sah man den Mond stehen, fast voll, ein Babybauchmond, so hatte ihr Vater es genannt, überall standen die Sterne am Himmel, und da leuchtete Jupiter, hell, und da Saturn, nicht ganz so hell, sie folgte dem Bogen, suchte nach Mars, aber die Bäume standen im Weg, Mars war nicht zu sehen, und weil sie Mars nicht sehen konnte, dachte sie, wie eisig kalt und unmenschlich das Weltall doch war, eine leblose Leere, genauso tot wie ihr Vater, und ihr Bruder, der ihm gefolgt war, der nie über ihn hinweggekommen war, und dieser Gedankengang riss ihr den Boden unter den Füßen weg, nahm ihr das Vertrauen an die Erde als Anker, sie spürte ihre Abwesenheit, ihr Bruder, ihr Vater, wie sie an ihr zerrten, das Nichts, das sie geholt hatte, das uns alle irgendwann holt, wie konnte es sein, dass es uns alle auslöscht, dann ein Klingeln, das Klingeln hörte auf, und Anders war dran.

Er hatte die Nachrichten auch gesehen.

»Sieht aus, als wärst du nicht allein«, sagte sie.

»Ja, sieht so aus«, erwiderte er leise.

»Wie fühlt sich das an?«, fragte sie.

Es dauerte eine Weile, bis er antwortete. »Nicht schlimmer.« So wie er es sagte, klang es wie eine Einladung.

4

ANDERS ERKLÄRTE SEINEM CHEF die Situation, es sei weder ein Einzelfall noch ansteckend, soweit bekannt, und nach einer Woche kehrte er ins Gym zurück, wo sein Chef ihn am Eingang erwartete, dicker, als Anders ihn in Erinnerung hatte, aber das bildete er sich wahrscheinlich nur ein, sein Chef sah ihn jedenfalls an und meinte: »Ich hätte mich umgebracht.«

Als Anders nur mit den Schultern zuckte, weil er nicht wusste, was er sagen sollte, fügte er hinzu: »Wenn ich du wäre.«

Obwohl es drinnen nach Schweiß roch, war niemand da, es war noch früh, die Stahlgestelle, die Holzböden und die gepolsterten Bänke mit den zugeklebten Rissen waren alle unbesetzt, sie trainierten getrennt voneinander, Anders' Chef machte seine Monstersätze in der Hocke, die Ellbogen dick wie Knie, die Knie dick wie Köpfe, das Gesicht rot vor Wut, wie immer, wenn er schwere Gewichte hob, was Anders an einen Zwischenfall vor ein paar Monaten erinnerte, als sein

Chef fast auf jemanden losgegangen war, weil er ihn bei einem Wettkampf im falschen Moment angesprochen hatte, nämlich als er gerade hochkonzentriert war, kurz vor dem entscheidenden Versuch, selbst in seinen mittleren Jahren trat sein Chef noch erfolgreich in der Masters Category an, auf jeden Fall musste er mit viel Mühe von vier großen Männern zurückgehalten werden, Männer, die ein ganzes Stück größer waren als Anders, der praktisch direkt daneben gestanden hatte, nicht als Teilnehmer, nur zur Unterstützung, aber der Vorfall war ihm unangenehm gewesen, es hatte etwas Primitives, Verstörendes gehabt, und jetzt musste er wieder daran denken, als sein Chef zwischen den Sätzen innehielt und Anders beim Kreuzheben beobachtete, wie er sein Arbeitsgewicht erreichte, nicht mehr oder weniger als vorher, was Anders in gewisser Hinsicht beruhigte, wenigstens das hatte sich nicht geändert, andererseits fragte er sich, ob sein Chef das wohl anders sah, so intensiv, wie er ihn musterte, ob er wohl etwas anderes erwartet hatte, nur weil Anders sich verändert hatte, oder ob sich das alles nur in seinem Kopf abspielte, jedenfalls war er froh, als der erste Kunde den Raum betrat und sie zu dritt waren und nicht mehr zu zweit.

Im Laufe des Tages füllte sich das Gym, und Anders nahm unwillkürlich Blicke wahr, schnelle, ausweichende Blicke, während sich herumsprach, dass er, dieser dunkelhäutige Typ dort, Anders war, Anders gewesen war, was Anders versuchte zu ignorieren, eigentlich war er beliebt im Gym, der, zu dem man ging, wenn man Schmerzen im Knie hatte oder wenn man den Arm nicht mehr richtig heben konnte, wenn man es mit den Gewichten übertrieben hatte, wenn ein Leben voller Schmerzen einen in die Knie zwang, was oft der Fall war, denn das hier war ein Black Iron Gym, die harte Sorte, wo Männer, und normalerweise waren es tatsächlich nur Männer, mit Hanteln die Schwerkraft herausforderten, keine Hochglanzbude mit verchromten Geräten, außerdem war das Durchschnittsalter höher, die Kunden sahen nicht aus, als würden sie trainieren, sondern als wären sie verzweifelt, deswegen schätzten sie auch Anders, den die Älteren Doc nannten, weil er sich über die Jahre hinweg zu so etwas wie einem Experten im Körpereinrenken entwickelt hatte und alles las, was er in die Finger bekam, eine Art passionierter, erfahrener Tüftler, den die Leute eben mochten hier im Gym, und zwar sehr, jedenfalls gemocht hatten, denn im Moment fühlte sich das nicht so an, im Gegenteil, eher, wenn Anders ehrlich war, es sei denn, er bildete sich das nur ein, vielleicht bildete er sich das tatsächlich nur ein, irgendwie angespannt.

Anders sagte sich, dass es ganz normal war, wenn die Leute ihn so ansahen, jeder hätte das gemacht, er selbst auch, es war schließlich eine ungewöhnliche Situation, und um die Leute zu beruhigen, und sich selbst auch, versuchte er, die üblichen Sprüche zu reißen, sozusagen er selbst zu sein, denn das war er ja, und sich so zu verhalten wie immer, aber das war schwieriger, als er dachte, im Grunde sogar unmöglich, denn wann war man weniger man selbst, was war peinlicher, als wenn man versuchte, man selbst zu sein, dieses affektierte Verhalten brachte ihn völlig aus dem Gleichgewicht, aber er hatte keine Ahnung, was er sonst tun sollte, also fing er stattdessen an, die anderen um ihn herum zu imitieren, zu reden, zu laufen und sich zu bewegen wie sie, den Mund zu bewegen wie sie, als würden sie etwas vortragen, was genau, wusste er nicht, in jedem Fall schien es nicht zu genügen, oder aber er machte seine Sache nicht gut, denn das Gefühl, beobachtet zu werden, nicht dazuzugehören, von den anderen komisch angesehen zu werden und sich, zu seinem großen Frust, immer tiefer hineinzureiten, hielt den ganzen Tag über an.

*

Oona verbrachte den Tag im Studio, ihre Kundschaft unterschied sich sehr von Anders' und bestand hauptsächlich aus Frauen, die, wenn nicht wirklich reich, so doch immerhin wohlhabender als der Durchschnitt waren, und gebildeter, und die gegen das Alter ankämpften, indem sie versuchten, gelenkig und möglichst schlank zu bleiben, in einer Umgebung, in der menschliche Gerüche verbannt wurden und es stattdessen künstlich nach Pflanzen duftete, was, so dachte Oona, vielleicht an den natürlichen Gang der Dinge erinnern sollte oder, wenn sie es sich genau überlegte, vielleicht auch an das Gegenteil, die Unsterblichkeit, an einen Wald von Mammutbäumen, die praktisch ewig lebten.

Oona war die jüngste Lehrerin im Studio und sehr beliebt, weil sie tüchtig und gut war, und weil ihr Körper so aussah, wie ihre Schülerinnen glaubten, dass man aussehen musste, wenn man diesen Job machte, und wenn sie auch nicht überfreundlich war, so doch zumindest nicht unfreundlich, was schon mal etwas war angesichts der nicht lange zurückliegenden Tragödie in ihrer Familie, die unter ihren Schülerinnen ausführlich besprochen worden war.

Im Gegensatz zu Anders wusste Oona nicht, ob sie das, was sie tat, immer tun wollte. Yoga zu unterrichten hatte sie anfangs als Nebenjob betrachtet, aber neben was, war nie so ganz klar gewesen, einen vermeintlich richtigen Job hatte sie in der Stadt nie wirklich gefunden, auch keine eindeutige Berufung, nachdem sie es mit Schauspielerei und Schreiben und sogar in einem Start-up versucht hatte, ohne allerdings weit zu kommen, eine Zeit lang hatte sie auch überlegt, sich über Social Media zu vermarkten, und Bilder von ihrem Tagesablauf, ihren Übungen und ihrem Leben gepostet, sie hatte auch Follower, aber eben nicht genug, also fragte sie sich, ob es daran lag, dass sie nicht attraktiv genug war, ob die Fotos zu schlecht waren, oder ob sie irgendwie fake rüberkam, und ob ihre Fakeness offensichtlicher war als bei anderen, und auch wenn anscheinend Tausende von Unbekannten ihr gern zusahen, waren es eben keine Hunderttausende oder Millionen und noch nicht mal Zehntausende, was einen echten Fortschritt bedeutet hätte, und mehr würden es offenbar auch nicht werden, außerdem nahm ihr das ewige

Kuratieren der eigenen Person ein Stück weit die Erfüllung, die sie eigentlich in Yoga fand, und als ihr Bruder starb, hatte sie damit aufgehört, und sie verspürte auch jetzt keinen Drang, wieder mehr zu posten, auch wenn sie ihren Account nicht löschte, sie ließ ihn einfach so stehen, eine Art Tür zurück in das potenziell süchtig machende Streben nach Berühmtheit, wie eine Zigarette, die man aufbewahrt, wenn man mit dem Rauchen aufgehört hat und zwar gut damit klarkommt, aber doch gern an den Teil in sich denkt, der gern Raucher war.

*

Nach der Arbeit fuhr Oona mit dem Fahrrad nach Hause, um mit ihrer Mutter zu Abend zu essen, die dann allerdings so gut wie nichts aß, was bedeutete, dass sie wahrscheinlich schon gegessen hatte, obwohl sie das leugnete, und zwar in einem beleidigten Tonfall, der nahelegte, dass es genau so war, außerdem klagte sie über Schmerzen, gegen die sie jedoch keine starken Medikamente nehmen würde, wie sie mit Oona besprochen hatte, sie hatten ja gesehen, wohin das bei Oonas Bruder geführt hatte, stattdessen tranken sie ein Glas Wein, und danach ließ Oona ihrer Mutter ein Bad ein, mit Kerzen und ein paar Löffeln Badesalz, und half ihr in die Wanne, damit sie nicht wieder stürzte, der Einstieg in die Wanne war nämlich schwieriger als in die Duschkabine, und erst als sie rausging, zog ihre Mutter den kurzen Bademantel aus, im Gegensatz zu früher, als Oona noch ein Kind war und ihre Mutter sich ganz selbstverständlich vor ihr ausgezogen und gebadet hatte, offenbar hatte sie im Alter ein neues Schamgefühl entwickelt, und als sie fertig war, setzte Oona sich zu ihr ans Bett, cremte ihr die weichen, groben Füße ein und schlich dann aus dem Zimmer, in der Hoffnung, dass ihre Mutter gleich einschlafen würde, was ihr in der Nacht davor nicht gelungen war, jedenfalls nicht richtig, nur für ein paar unruhige Stunden, aber als Oona kurz darauf nach ihr sah, waren die Geräusche eindeutig, ein Triumph, eigentlich hätte Oona jetzt selbst bettreif sein müssen, war sie aber nicht, sie war unausgeglichen, überreizt, also ging sie nicht ins Bett, sondern nach unten und machte sich von dort aus unangekündigt auf den Weg zu Anders.

Oona hatte nicht unbedingt das Bedürfnis, berührt zu werden oder körperlich erlöst oder so, sie wollte etwas anderes, Gesellschaft vielleicht, ja, seine Gesellschaft, Anders' Gesellschaft, mit ihm zusammensitzen, sich verstanden fühlen, einfach nur da sein.

Als sie auf halbem Wege an einer roten Ampel stand und daran dachte, was mit Anders passiert war, wäre sie fast umgekehrt, tat es aber doch nicht, und dann war sie auch schon da, und die Tür war wie immer unverschlossen, und nach kurzem Klopfen trat sie ein, und da stand er nun, der dunkelhäutige Mann, der mal Anders gewesen war, den sie auch schon gesehen hatte, mit dem sie sogar Sex gehabt hatte, ein seltsamer Gedanke, aber jetzt kam er ihr vor wie ein Unbekannter, als sähe sie ihn zum ersten Mal, sie musste sich regelrecht zwingen, Anders in ihm zu sehen, den Anders, den sie kannte, mit dem sie in den letzten Monaten eine Menge Nächte verbracht hatte, das war Anders mit seinem klobigen alten Laptop auf dem Schoß, der zu ihr hochsah, auf eine Art lächelte, die sie nicht an ihm kannte, noch nicht, ein Lächeln, das nicht zu dem Gefühl beitrug, von innen ausgehöhlt zu werden, ein Lächeln, das für sich selbst stand und nichts verlangte.

Sie hörten Musik und rauchten einen Joint, Anders auf dem Sofa, Oona auf dem Fußboden, die Entfernung und der Höhenunterschied verhinderten unbewusste Berührungen, sie berührten sich nur immer wieder zufällig, Finger streiften Finger, und sie redeten ein bisschen, aber nicht zu viel, Anders war überrascht und erfreut, dass sie da war, aber auch etwas besorgt, weil sich alles so schnell in Luft auflösen konnte, und auch darüber, was es bedeutete, sich deswegen Sorgen zu machen, während Oona, der nicht bewusst war, dass sie darauf gewartet hatte, es aber offensichtlich getan hatte, anfing zu reden und, nachdem sie erst mal angefangen hatte, auch nicht so schnell wieder aufhörte.

Oona erzählte von Kaulquappen, wie sie immer zum Teich gefahren waren, um sie zu fangen, dem Teich neben dem sogenannten Wasserfall, einer etwa mannshohen Betonwand, über die bei Regen der Bach strömte und sonst rann, und in dem Teich schwammen Kaulquappen, die ihr Bruder immer mit einem Aquariumkescher fing, erst war da nur die gepunktete gallertartige Masse aus Eiern, dann kamen die winzigen, sich windenden Formen und schließlich die ausgewachsenen Kaulquappen, aber sie warteten, bis ihnen Vorderbeine wuchsen, bis die ersten Stummel zu sehen waren, erst dann schlug ihr Bruder zu, immer ein Paar, ein Er und eine Sie, obwohl sie das nicht wirklich wussten, weil sie sie nicht unterscheiden konnten, jedenfalls fingen sie sie erst in diesem Stadium, weil sie dann interessanter waren und man zu Hause in einem Becken mit Teichwasser zusehen konnte, wie die Vorderbeine wuchsen und der Schwanz schrumpfte, mit dem Plan, sie zurückzubringen, bevor der Schwanz ganz verschwunden war, bevor aus den Kaulquappen Frösche wurden, die ertrinken würden, ein wohlüberlegter Plan, der aber nie aufging, nicht ein einziges Mal, was rückblickend grausam klingt, damals aber nur traurig war, sie taten uns leid, als wäre es nicht unsere Schuld gewesen, dass sie starben, und mit diesen Worten endete Oona, und als sie geendet hatte, stand sie auf und fasste sich an die Wange, um zu sehen, ob sie feucht war, aber da waren keine Tränen, und ihre Stimme klang ruhig und fest, sie nahm also an, dass sie nicht geweint hatte, woraufhin sie Anders kurz zum Abschied winkte und ging.

5

ANDERS' CHEF HATTE GESAGT, er an seiner Stelle hätte sich umgebracht, und in der Woche darauf tat ein Mann aus der Stadt genau das, Anders verfolgte die Geschichte in der Lokalpresse, beziehungsweise online im Regionalteil einer größeren Zeitung, das Lokalblatt war schon vor längerer Zeit eingestellt worden, der Mann hatte sich vor seinem Haus erschossen, den Schuss hatte ein Nachbar gehört und gemeldet, aber nicht gesehen, man nahm an, dass es sich um Notwehr handelte und bei dem dunkelhäutigen Toten um einen Einbrecher, der nach einem Kampf mit der eigenen Waffe erschossen worden war, allerdings war der Hausbesitzer nicht auffindbar, und dann wurden Ehering, Portemonnaie und Handy des Toten untersucht, und auch die Nachrichten, die er geschrieben hatte, und die Sachverständigen schalteten sich ein, und am Ende schien die Situation eindeutig, mit anderen Worten, ein Weißer hatte einen Dunkelhäutigen erschossen, allerdings waren der Dunkelhäutige und der Weiße dieselbe Person.

Die Stimmung in der Stadt veränderte sich schneller als ihr Erscheinungsbild, zumindest nahm Anders noch nicht wesentlich mehr Dunkelhäutige auf den Straßen wahr, allem Anschein nach gab es bisher nur vereinzelt Betroffene, aber die Stimmung, doch, die Stimmung hatte sich verändert, die Regale in den Läden waren leerer, genauso wie abends die Straßen, sogar die Tage waren kürzer und kälter als vor Kurzem noch und die Blätter nicht mehr so selbstbewusst grün, und auch wenn dieser jahreszeitlich bedingte Wandel dem Lauf der Dinge geschuldet sein mochte, kam Anders ebendieser Lauf der Dinge auf einmal doch bedrohlich vor.

Bei der Arbeit war Anders jetzt stiller als vorher, zumal er unsicher war, wie sein Auftreten wahrgenommen wurde, er kam sich wie ein Nebendarsteller in einer Fernsehserie über sein Leben vor, wobei er noch nicht alle Hoffnung aufgegeben hatte, wieder seine alte, zentrale Rolle übernehmen zu können, und wenn nicht die, dann zumindest eine bessere als die dieser Randfigur, deswegen freute es ihn fast zu hören, dass einem langjährigen Kunden des Gyms dasselbe widerfahren war, tatsächlich konnte er es kaum erwarten, ihn zu sehen, endlich wäre Anders nicht mehr der Einzige, bis er schließlich zur erwarteten Zeit eintraf, ein dunkelhäutiger Mann, den man nur noch an seiner Jacke erkannte, und dann stand er da, dieser Mann, sah sich um, sah die anderen an, die ihn ansahen, und ging ohne ein Wort, als würde er womöglich, nein, bestimmt nie wiederkommen.

*

Oonas Mutter war online aktiv, hörte Radio, sah Nachrichten und war inzwischen überzeugt, zu den Eingeweihten zu gehören, den Auserwählten, denen, die das Komplott durchschaut hatten, ihre Tochter mochte sie nicht ernst nehmen, aber das Komplott war seit Jahren vorbereitet worden, ach was, Jahrzehnten, vielleicht sogar Jahrhunderten, ein Komplott gegen die ihren, ja, die ihren, egal, was ihre Tochter sagte, es gab so etwas wie die ihren, die Einzigen in diesem Land, die sich als Gruppe nicht benennen konnten, von ihnen waren nicht mehr viele übrig, und jetzt war es soweit, jetzt waren sie dran, und sie hatte Angst, weil sie nichts dagegen tun konnte, aber es gab auch welche unter ihnen, die dagegen aufbegehren und sie beschützen würden, an die musste sie glauben, und sich bereithalten, so gut es eben ging, um sich zu schützen, und vor allem ihre Tochter, ihre Tochter war die Zukunft, ihrer aller Zukunft, denn ohne ihre Tochter, ohne alle ihre Töchter, wären sie verloren, ein Feld ohne Spross, ohne Leben, eine Wüste, von Sand bedeckt, auf der Eidechsen herumhuschten und seltsame Kakteen wuchsen, wo zuvor die Erde Früchte trug, in einer solchen Zeit wollte sie nicht leben, davor graute ihr, es machte ihr Angst, aber das war wohl ihr Schicksal, so wie es das Schicksal ihrer Vorfahren war, in Zeiten des Krieges, der Seuchen und des Unheils zu leben, sie musste sich ihrer Wurzeln als würdig erweisen und sich zusammenreißen, stark bleiben, für ihre Tochter und für sich selbst, für die ihren, tun, was getan werden musste.

Sie würde Vorräte brauchen, sie hatte schon zu lange gezögert, zu wenig gekauft, weil sie zu wenig Geld hatte, denn was ihr Mann ihr hinterlassen hatte, reichte gerade mal für das Nötigste, ließ aber keinerlei Spielraum, in manchen Jahren wusste sie nicht mal, ob sie über die Runden kommen würde, dabei ging sie stets sorgsam mit dem Geld um, besserte ihre Kleider selbst aus, heizte sparsam, kaufte günstig ein und verzichtete auf Extravaganzen, nur manchmal, ganz manchmal, da konnte sie sich nicht zurückhalten, wie bei ihrem Fernseher, der vielleicht etwas größer war als zwingend nötig, aber doch so wichtig, dass sie sich diesen Luxus erlaubt hatte, allerdings hatte sie ihn gebraucht gekauft, mit Garantie, und jetzt brauchte sie Vorräte, genug, um lange durchzuhalten, und die kosteten Geld und überstiegen ihr Budget, und zwar erheblich, also hatte sie gezögert, aber jetzt durfte sie nicht länger zögern.

Oona wollte sie davon abbringen, ein paar Dinge auf Lager zu haben, sei sicher vernünftig, aber das hier ginge definitiv zu weit, und so heizte sich die Diskussion auf, und als sie mit ihrer Mutter zu den Supermärkten am Stadtrand fuhr, wo man alles in größeren Mengen bekam, ließ sie ihre Mutter nicht die Radiosender hören, die sie wollte, und versuchte, dem Geschehen ein gewisses Maß an Realitätssinn beizumischen, sie machte sich Sorgen um die geistige Gesundheit ihrer Mutter, aber auch um die eigene, denn ihre

Mutter schien absolut überzeugt und würde sich nicht von ihrer Meinung abbringen lassen, abgesehen davon wurde sie auch noch durch die Reihen von Käufern bestärkt, die ganz offensichtlich wie sie dachten, die Waren wurden schon knapp, nicht nur Lebensmittel, auch Batterien, Pflaster, Medikamente und vieles andere, und je mehr ihre Mutter kaufte, je mehr Oona mit ihrer Mutter kaufte, desto beunruhigter wurde sie, desto mehr zweifelte sie, desto unsicherer war sie, ob ihre Mutter sich wirklich irrte, verrückt, verrückt, aber vielleicht spürte man in der leichten Brise doch, dass da, so unmöglich es auch schien, ein großer, ein fürchterlicher Sturm auf sie zukam.

*

Oona und Anders gingen spazieren, und Oona erzählte ihm von der Obsession ihrer Mutter und ihren jüngsten Einkaufstouren und den ganzen Hamsterkäufen überall, was die Leute nicht alles kauften, und Anders sagte, vielleicht sollte er auch ein paar Vorräte anlegen, womöglich gäbe es demnächst Engpässe, er hoffe aber, es würde bald wieder Ruhe einkehren, ob sie das auch glaube, was sie bejahte, und dann sagte sie, sie sei sich doch nicht mehr sicher, worauf er sagte, er sei sich auch nicht mehr sicher, er habe geglaubt, das alles würde von allein vorbeigehen, aber ehrlich gesagt sei er sich da nicht sicher.

Sie liefen an einem Fluss entlang, der an ihrer alten Highschool vorbeiführte und der jetzt, im Herbst, eher sanft daherfloss, zwischen einem Parkplatz und dem Wasser bahnten sie sich ihren Weg durch das Gelände, hier und da lagen zerbrochene Flaschen und Abfall herum, und obwohl es auf den ersten Blick nicht unbedingt einladend aussah, mochte Anders die Gegend, weil sie ihn an Joints und betrunkene Streifzüge erinnerte, mit Freunden, von denen er wünschte, er hätte sie nicht aus den Augen verloren, Oona wiederum erinnerte sich daran, wie sie immer mit ihrem Bruder hergekommen war, wenn sie zusammen die Schule geschwänzt hatten, und jetzt schien die Sonne, und die Rohrkolben schaukelten im Wind, der ein wenig frisch war, aber da sie, Anders und Oona, entsprechend gekleidet waren, machte das nichts, eigentlich war es gar nicht mal so schlecht.

Oona spürte die Kälte im Gesicht und wie sie die Haut wach machte, und während sie so gingen, sagte Anders, er sei nicht sicher, ob er noch derselbe Mensch sei, anfangs hatte er das Gefühl gehabt, unter der Oberfläche immer noch er selbst zu sein, wer auch sonst, aber so einfach war das nicht, wie die Menschen um einen herum sich verhielten, beeinflusste ja auch, wie man war, wer man war, woraufhin Oona erwiderte, das könne sie gut verstehen, es sei ein bisschen, als lernte man eine fremde Sprache, und wenn man versuchte, etwas in einer fremden Sprache zu sagen, verlor man seinen Humor, so viel Mühe man sich auch gab, man war nie so lustig wie sonst, worauf Anders meinte, er

spreche keine andere Sprache, es sei ihm schwer genug gefallen, in ihrer Sprache Lesen und Schreiben zu lernen, und
dann lachte er, und sie lachte auch, und er sagte, aber ich
weiß, was du meinst, und ja, genau so ist es.

Irgendwo ratterte ein Lastwagen über ein Schlagloch,
und während das dumpfe Poltern verhallte, erzählte Anders von dem dunkelhäutigen Putzmann im Gym, der immer abends dort sauber machte und zu dem er immer nett
gewesen war, aber seitdem Anders sich verändert hatte, sah
der Mann ihn anders an, und das gefiel Anders nicht, aber
es hatte ihn auch nachdenklich gemacht, ihm war aufgefal-
len, dass der Putzmann der Einzige im Gym war, der nie
trainierte, und dass er ziemlich klein war, ob er wohl deswegen eingestellt worden war, weil er so klein war, in einem
Laden, in dem es darum ging, groß und stark zu sein, ob er
Familie hatte, da, wo er herkam, oder ob er allein war, warum hatte Anders ihn all das nie gefragt und warum störte
es ihn, wie der Mann ihn jetzt ansah, dass er ihn jetzt ansah,
als könne Anders mit ihm reden, was er aber noch nicht getan hatte, nicht mehr jedenfalls als das übliche Hey, na, schö-
nen Tag noch, und Anders hatte beschlossen, das nach all
den Jahren endlich zu ändern, er würde nicht mehr nett zu
ihm sein, das war er eigentlich ohnehin nicht wirklich gewesen, im Grunde hatte er ihn behandelt wie ein Hündchen,
dem man kurz den Kopf tätschelte und *Fein gemacht* sagte,
stattdessen wollte Anders nun mit ihm reden, mal sehen, was
er zu sagen hatte, nicht weil Anders jetzt ein besserer Mensch

war, sondern weil er die Dinge jetzt anders sah und weil der Putzmann ihm wahrscheinlich ein bisschen was erzählen konnte, und Anders wahrscheinlich etwas von ihm lernen würde.

Die Mücken waren weg und die Libellen auch, die Luft über dem Fluss frei von Insektenschwärmen, hoch über ihnen flogen Vögel in wärmere Gefilde, und es war so ein Tag, an dem man spürte, wie der Planet sich unaufhaltsam drehte und neigte und der Morgen in den Nachmittag überging.

Oona sah zu Anders und dachte, dass er ihr manchmal normal vorkam und manchmal irgendwie fremd, es kippte immer wieder, wie wenn man auf einen Fernsehbildschirm starrte, auf dem nur weißes Rauschen lief, und nach einer Weile sah man plötzlich merkwürdige Bilder, Schlangen oder Wellen oder einen Berg, oder nein, anders, es war gar nicht so sehr sein Gesicht, sondern eher ihre Wahrnehmung davon, die sich von einer Minute auf die nächste änderte, wie bei einer Tüte Milch, an der man erst schnupperte und feststellte, dass sie schlecht war, die dann aber völlig okay schmeckte, wenn man kurz darauf einen Schluck trank.

Es war ihr freier Tag, sie hatten keine große Sache daraus gemacht, aber ihre Termine so gelegt, dass er bei beiden zusammenfiel, weil sie sich gern mal bei Sonnenschein treffen wollten und woanders als bei Anders, ohne den Druck und die Komplikationen, die ein Bett in der Nähe bedeutete. Es war kein unterrichtsfreier Tag, aber am Ufer gegenüber standen ein paar Jungs, einer rauchte, ein anderer ließ Steine übers Wasser hüpfen, sie starrten Anders und Oona nicht direkt an, sahen aber zu ihnen rüber, alle hatten mehr oder weniger dieselbe Hautfarbe, und Anders war dunkel- und Oona hellhäutig, und auf einmal wurden sie sich dessen extrem bewusst, und der Junge, der die Stcine hüpfen ließ, hörte nicht damit auf, und die scharfen, flachen Steine, die er warf, waren nicht unbedingt rund, manche flogen weiter als andere, und einer hätte leicht bis zu Anders und Oona rüberfliegen können, quasi direkt vor ihre Füße, und sie vielleicht sogar treffen, aber dazu kam es dann doch nicht, nicht mal fast, Oona wusste nicht, ob es Zufall war oder Absicht, Anders sah jedenfalls einfach nach vorn, ohne Blickkontakt zu den Jungen aufzunehmen und sie womöglich herauszufordern, aber sie hörten trotzdem nicht auf, obwohl ja das Risiko bestand, dass jemand getroffen wurde oder sie missverstand.

ZWEITER TEIL

6

IN DER STADT KAM ES IMMER WIEDER zu Gewaltausbrüchen, hier eine Schlägerei, dort eine Schießerei, und
der Bürgermeister rief mehrmals zur Ruhe auf, inzwischen
zogen jedoch bereits militante Gruppen durch die Straßen,
hellhäutige Männer, manche in Kampfanzügen wie Soldaten oder halb wie Soldaten, in Armeehosen und Ziviljacken,
andere in Tarnfarben wie Jäger oder nur in Jeans und Mu-
nitionsweste, aber wie auch immer sie aussahen, alle waren
erkennbar bewaffnet, und die Polizei machte nicht wirklich
Anstalten, sie aufzuhalten.

Oona taten sie nichts, wenn sie ihnen begegnete. Jedenfalls belästigten sie sie nicht mehr als jede andere Gruppe
Männer normalerweise eine Frau belästigt, die allein unterwegs ist, sogar weniger, wahrscheinlich, weil sie weiß war,
oder weil sie Oona auf ihrer Seite wähnten, zumal sie keinen
gegenteiligen Button oder Ähnliches trug und den Mund hielt,
aber in der Highschool und auf dem College war sie zu oft zu
lange auf feuchtfröhlichen Partys gewesen und kannte das

Gefühl, dass diese Männer in ihr auslösten, nämlich, dass es mehrere waren und sie allein und dass die Situation ganz schnell umschlagen konnte, und weil ihr das Angst machte, fuhr sie nicht mehr mit dem Fahrrad, sondern mit dem Auto.

Ihre Mutter schien dagegen bester Stimmung zu sein, als hätte sie ihre Dosis Antidepressiva stark erhöht und ihr Körper noch keine Zeit gehabt, das System herunterzuregeln, so hatte Oona sie seit dem Tod ihres Bruders nicht erlebt, vielleicht sogar seit dem Tod ihres Vaters, sie sah aus, als liefe alles bestens mit der Welt, als befände der Planet sich auf dem rechten Weg, alles würde wieder gut, die Zukunft sähe rosig aus, und man hätte nach so langer Zeit endlich wieder Grund, optimistisch zu sein.

Oona erinnerte sich, wie sie ein paar Monate nach der Beerdigung ihres Vaters mit ihrem Bruder Ecstasy genommen hatte, damals gingen sie noch zur Highschool, es war nicht das erste Mal gewesen, aber ihr Bruder steckte noch nicht so tief drin, er war einfach eins dieser Kids, die gerne und regelmäßig mit Substanzen experimentierten, und die, von denen er abhängig werden würde, hatte er noch nicht entdeckt, wobei Oona damals schon dachte, dass es vielleicht noch zu früh war, um Ecstasy zu nehmen, so kurz nach dem Tod ihres Vaters, und für sie war es das dann auch, sie hatte sich total elend gefühlt, im Gegensatz zu ihrem Bruder, der extrem fröhlich wirkte, aber auch ein bisschen labil, forciert fröhlich sozusagen, so wie jetzt Oonas Mutter, und vielleicht hatte das bei ihrem Bruder an dem Tag auch damit zu tun, dass es seiner Schwester schlecht ging, dass er sich um sie kümmern musste, aber das glaubte Oona nicht, sie glaubte, es hatte damit zu tun, dass er sich nichts vormachen konnte, er wusste, dass er innerlich zerbrechen würde, schon zerbrochen war, so wie ihre Mutter zerbrochen war, und so eine Fröhlichkeit, wenn man zerbrochen war, so eine plötzliche, verrückte, grundlose Fröhlichkeit, war nur eine Maske.

Oona machte sich also Sorgen um ihre Mutter, die sich beunruhigend wenig Sorgen machte, jedenfalls weniger als sonst, was bei ihrer Mutter tatsächlich merkwürdig war, außerdem machte sie sich Sorgen um sich selbst, um ihre Stadt, und um Anders, um Anders mehr, als sie erwartet hätte, also konzentrierte sie sich noch stärker auf ihre Meditation, mit gemischtem Erfolg, dafür war sie oft zu aufgewühlt.

*

Anders besuchte seinen Vater an einem eher kühlen Tag, er fuhr extra über Nebenstraßen, hielt immer wieder an, sah sich an Kreuzungen um, bevor er weiterfuhr, wie ein Pflanzenfresser, aus Selbsterhaltungstrieb, er trug Handschuhe und Sonnenbrille und hatte sich die Kapuze über den Kopf gezogen, als Tarnung nicht unbedingt berauschend, aber auf eine gewisse Distanz vielleicht ausreichend, es war nicht so, dass er bedroht worden wäre, das nicht, noch nicht, er fühlte sich nur bedroht, also ging er lieber kein Risiko ein, jedenfalls keins, das sich vermeiden ließ.

Als Anders an die Tür klopfte, dauerte es eine Weile, bis sein Vater erschien, und Anders erschrak, wie sehr er abgebaut hatte, seit sie sich vor ein paar Wochen gesehen hatten, und da wurde dem Sohn klar, dass der Vater bald nicht mehr sein würde, dass dieser imposante dünne Mann es nicht mehr lange machen würde, und Anders war froh, die Sonnenbrille aufzuhaben, damit sein Vater nicht in seinen Augen lesen konnte, was er dachte, so wie er jetzt leicht gekrümmt vor ihm stand, er, der sich sonst immer so gerade gehalten hatte, als hätte seine Krankheit ihm morgens in den Bauch geboxt und er wollte nicht zeigen, dass es noch wehtat, aber wenn etwas so Gerades und so Wichtiges sich auch nur ein bisschen krümmt, dann ist das bemerkenswert, und Anders bemerkte es, und dann gaben sie sich die Hand, ein fester Händedruck, fester als sonst, als Ausgleich für seine Gebrechlichkeit, und da Anders' Vater Anders nicht gern ansah, weil er nicht gern sah, was aus ihm geworden war, es aber auch nicht gern sah, dass er es nicht gern sah, zwang er sich, ihn anzusehen und seine Hand noch ein bisschen länger zu halten, die braune Haut auf seiner weißen zu spüren, und er klopfte Anders auf die Schulter und drückte ihn, für Anders' Vater eine starke Geste, senkte den Kopf zur Begrüßung und nahm seinen dunkelhäutigen Sohn zu Hause auf.

Die Einrichtung war altmodisch und passte nicht zu Anders' Vater, der sich wahrscheinlich ganz andere Sachen gekauft hätte, die hier stammten von Anders' Mutter, sie erinnerten Anders an sie, die kleinen Rüschen am Sofabezug, die Spitzenuntersetzer auf den Beistelltischen, und dann im Wohnzimmer die Familienfotos, Anders' Eltern, als sie jung waren, Anders als Baby und als Kind, die ganze Familie zusammen, alle Fotos waren mindestens zehn Jahre alt, Bilder, die mit der Zeit gealtert waren.

Anders' Vater hörte zu, wie sein Sohn ihm seine Sorgen schilderte, er sah zu, wie sein Sohn ein Bier trank, und nippte kaum an seinem eigenen, es stand nur aus Höflichkeit und Gewohnheit da, er selbst vertrug nichts mehr, dann holte er die Blechdose mit seinem Gesparten und gab seinem Sohn gegen dessen Willen Geld, er ging die Küchenschränke durch und half ihm, ein paar Vorräte in den Wagen zu laden, beziehungsweise reichte sie ihm, schleppen musste der Junge sie selbst, das Stehen fiel ihm schwer genug, obwohl er den Schmerz ignorierte, er gehörte mittlerweile zu ihm, ein ständiger Begleiter, unerträglich, aber unvermeidbar, also nahm er ihn hin wie ein nerviges Geschwisterkind, und schließlich holte er ein Gewehr und eine Schachtel Patronen, da konnte der Junge noch so lange protestieren, er sagte, nimm, und wartete, bis sein Sohn tat, was er tun musste, nämlich sich nicht länger etwas vormachen, stattdessen die Situation akzeptieren und von seinem Vater nehmen, was er besaß und was Anders offensichtlich brauchte, und da wurde der Junge ganz ernst, als er das Gewehr und die Patronen in den Händen hielt, was gut war, denn ernst nehmen musste man die Situation.

Zu Hause fragte Anders sich, ob er mit dem Gewehr wirklich sicherer war, zumal er das Gefühl hatte, ganz allein zu sein, und es doch besser war, Konflikten aus dem Weg zu gehen, als sich mit irgendwem anzulegen, er glaubte, dass die Leute sich eher auf ihn stürzten, wenn sie herausfanden, dass er bewaffnet war, auch wenn sie das nicht herausfinden würden, viele andere außer ihm waren ja auch bewaffnet, aber er hatte einfach das Gefühl, dass es vor allem wichtig war, nicht als Bedrohung angesehen zu werden, denn für ihn als Dunkelhäutigen bestand sonst die Gefahr, eines Tages ausradiert zu werden.

*

Anders wusste, dass er seinen Vater bald verlieren würde, und dieser drohende Verlust erschien ihm jetzt noch konkreter, reeller, nicht wie Luft, sondern wie eine Tür oder eine Wand, etwas, wogegen man mit der Faust schlagen konnte, und natürlich wissen Kinder, dass sie ihre Eltern irgendwann verlieren, das wissen sie von klein auf, aber die meisten schaffen es zu glauben, dass dieser Tag nie kommen wird, dass er noch Jahre entfernt ist, und zwischen diesen Jahren liegen immer noch Monate, zwischen den Monaten liegen Tage, zwischen den Tagen Stunden, zwischen den Stunden Sekunden und so weiter, die einzelnen Momente erstrecken sich in die Unendlichkeit, wobei Anders schon ein Elternteil verloren und erfahren hatte, dass unsere Zeit auf Erden nicht endlos ist, aber vor dem heutigen Tag hatte er das mit seinem Vater nie erlebt, diesen Moment, in dem einem klar wird, dass das Ende naht, und jetzt, wo er ihn erlebt hatte, stimmte ihn das nachdenklich, und als Oona zu ihm nach Hause kam, war das für ihn mehr als eine Erleichterung, es war eine Chance.

Oona spürte ebenfalls, dass sich etwas verändert hatte, nicht nur an Anders, denn dass Anders sich verändert hatte, sah sie, sondern auch an sich selbst, an der Art, wie sie sich zu ihm hingezogen fühlte, sie verdrängte nicht einfach, was sie nicht hören wollte, nicht nur, jedenfalls nicht mehr, sondern sah es als eine Möglichkeit zu reden, einen Neubeginn statt der Frage, wie sie es beenden sollte, und vielleicht weil Anders nicht mehr aussah wie Anders, betrachtete sie ihre Beziehung mit anderen Augen, oder vielleicht weil Anders immer noch Anders war, egal, wie er aussah, sie sah den Anders in ihm deutlicher, warum auch immer, sie war froh, hier bei ihm zu sein, froh als Mensch, ihr Bedürfnis war nicht mechanisch, sondern organisch und deswegen komplizierter und auch fruchtbarer.

Oona setzte sich neben ihn, sie redeten, sie rauchten und sie küssten sich, und der Kuss war ein richtiger Kuss, ein Begrüßungskuss, und als sie Sex hatten, war es, als wäre es das erste Mal, denn als sie tatsächlich zum ersten Mal Sex hatten, sah Oona nicht hin, sie schaute nur nach innen, und als sie zum ersten Mal nach Anders' Verwandlung Sex hatten, waren sie nicht Anders und Oona gewesen, die Sex hatten, sondern jemand anderes, aber diesmal sah Anders Oona, und Oona sah Anders, und der Sex war langsam, sie ließen sich Zeit, ein träger, unverstellter Sex mit ein- oder zweimal Grinsen und einer offensichtlichen Dringlichkeit, mit stirnrunzelnden, schmerzverzerrten Blicken und unverhohlener instinktiver Angst, und wenn sie spielten, dann war ihr Spiel ein Streben nach Natürlichkeit, und in diesem Streben kamen sie sich näher, näher als je zuvor.

7

BEI DER ARBEIT WAR ANDERS nicht mehr der Einzige,
der sich verändert hatte, da waren jetzt auch andere, und
nicht nur der erste Andere, der einmal aufgetaucht und dann
wieder verschwunden war, in ihrem ehemals fast rein weißen Gym gab es nicht mehr nur einen Dunkelhäutigen oder
zwei, nämlich Anders und, an den Abenden, den Putzmann,
sondern oft drei oder sogar vier, und Anders hätte gedacht,
das würde es besser machen, aber offenbar war genau das
Gegenteil der Fall, die Stimmung wurde immer angespann-
ter, Männer, die sich seit Jahren kannten, taten, als würden
sie sich nicht kennen, oder schlimmer, sich nicht mögen, als
hätten sie etwas gegeneinander, und in der Gewalt des Ge-
wichtestemmens, diesem Kampf, wenn ein Mann allein mehrere hundert Pfund auf dem Rücken oder zu den Füßen oder
auf der Brust liegen hat, lag jetzt noch mehr Gewalt, die Leute wurden unvorsichtig, sodass es immer häufiger zu selbst-
verschuldeten Verletzungen durch zu schwere, in falscher
Körperhaltung gestemmte Gewichte kam.

Der Putzmann hatte zwei Jobs, er kam ein paar Stunden vor Ladenschluss und nahm sich erst den Eingangsbereich vor und dann die Büros im hinteren Teil, im Hauptbereich fing er erst eine halbe Stunde vor Schluss an, wenn es nicht mehr so voll war, aber die Leute, die dann noch trainierten, waren normalerweise die hartgesottenen, die am Ende ihres Sets leicht gereizt waren, und Anders beobachtete, dass der Putzmann immer einen Bogen um sie machte, um die Geräte herumwischte, größere Stellen trocken ließ und sich möglichst unauffällig verhielt, was ihm angesichts seiner Statur nicht schwerfiel, er erinnerte Anders an einen Vogel inmitten von Löwen, einen Geier, oder nein, kein Geier, vielleicht eine Krähe, ein Vogel jedenfalls, der in ein anderes Element gehörte, nämlich in die Luft, aber zur selben Futterstelle kam wie die Raubtiere, nur dass dieser Vogel nicht fliegen konnte und ständig in Gefahr war, und darauf hoffen musste, ignoriert zu werden.

Die Umkleidekabinen, Spinde und Duschen blieben am längsten auf, und eines Abends, als Anders gerade gehen wollte, fingen zwei Männer Streit an und trugen ihn dann mit nach draußen, beide etwas älter, aber ziemlich kräftig, und trotz ihrer Bäuche überraschend schnell, sie schubsten sich auf dem Parkplatz herum, ein paar Leute kamen dazu, standen nur da und sagten nichts, und das war das, was Anders stutzig machte, dass sie die Männer weder aufforderten aufzuhören noch sie anfeuerten, sie standen einfach nur schweigend da und sahen zu, und dann fingen die beiden auch schon

an, sich zu prügeln, und zwar richtig, und durch das Grun-
zen und Scharren hörte man eine Faust auf ein Gesicht
treffen, ein dumpfes Knacken, hell und weich und knochen-
brecherisch zugleich, ein so eindrückliches, verstörendes Geräusch, dass Anders sich abwenden musste und ging, ohne
abzuwarten, was passierte, ob der Dunklere gewann oder
der Hellere, Anders wollte es nicht sehen, und auch wenn er
es nicht sah, hallte das Geräusch doch nach, auch noch später, als er abends allein im Bett lag, zusammenzuckte und
das Gesicht verzog.

*

Am nächsten Abend lag Oona bei Anders im Bett und blieb
dort bis zum Morgen, und als sie morgens aufwachte, schlief
er noch, und irgendwie hatte es etwas Lächerliches, wie er da
lag, dieser Kontrast zwischen seinem ausgebreiteten Körper
und dem angespannten, ernsten Gesicht, als träumte er von
einem Business-Meeting, aber Arme und Beine frei von sich
gestreckt wie ein Kind oder Teenager, eine Wade über ihrem
Schienbein, ein Handrücken auf ihrem Bauch, die bloßen
Knöchel auf ihrem bloßen Nabel, wo das T-Shirt hochge-
rutscht war, weswegen sie auf ihren Atem aufmerksam wurde, ihm folgte, durch die Nase und dann nach unten, wo sie
ihn berührte, sich wie ein Kissen unter ihm aufblähte, dann
wieder hoch, und als er irgendwann die Augen öffnete, sah er
etwas in ihrem Gesicht, das er noch nicht kannte, eine fast

verblüffte Zärtlichkeit, und er drehte den Kopf zur Seite, lächelte, wartete kurz und gab ihr einen Kuss.

»Hast du große Angst vorm Sterben?«, fragte sie.

»Dir auch einen guten Morgen«, erwiderte er.

Sie lachte und rückte näher an ihn heran, schlang ein Bein um seins und sagte, sie denke oft ans Sterben, nicht unbedingt an ihren eigenen Tod, generell daran, dass Menschen sterben, aber sie natürlich auch, und er nickte und sagte, als seine Mutter im Sterben lag, sei er sicher gewesen, dass sie nicht sterben würde, bis er irgendwann nicht mehr sicher war, und als er schließlich wusste, dass sie sterben würde, nicht nur krank war, sondern sterben würde, merkte er, wie sehr sie am Leben hing, bis der Schmerz ihr auch das nahm und sie gehen wollte, also, nicht gehen wollte, sondern gehen musste, mehr, als dass sie bleiben wollte, darauf war er nicht vorbereitet gewesen, dass seine Mutter gehen musste, und es war wirklich schrecklich mit anzusehen.

Sie sagte, ihr Vater sei ohne Vorwarnung gestorben, es sei völlig absurd gewesen, es gab kein anderes Wort dafür, eben war er noch da und plötzlich war er weg, danach dachte sie, jeder Mensch hätte eine Falltür unter sich, die sich jeden Moment öffnen konnte, als liefen wir alle über eine schaukelnde Brücke aus Seilen und Planken hoch über einem Canyon, und manche der Planken waren morsch, und dann machte man einen Schritt und merkte plötzlich, dass man ins Nichts trat, ohne dass man das Holz hatte brechen hören, und diese Erkenntnis müsste einen ja eigentlich dazu bringen, vorsichtiger zu sein, nicht so fest aufzutreten, aber bei ihrem Bruder war das nicht so gewesen, er hatte immer fester auf den Planken herumgetrampelt, als machte es ihm nichts aus, wenn sie brachen, als wollte er es insgeheim sogar, vielleicht so wie Anders' Mutter gewollt hatte, dass es vorbei war, nur wollte er es ohne die Schmerzen, oder nein, nicht ohne Schmerzen, aber ohne diese Art von Schmerzen, ohne den Krebs, dafür mit gebrochenem Herzen, nachdem die Welt ihn im Stich gelassen und er erkannt hatte, dass er diese Welt nicht lieben konnte, dass sie uns betrog, uns alle, und er deswegen beschlossen hatte, sie zu verlassen, wobei, beschlossen nicht, es war kein Entschluss gewesen, sondern eine Richtung, die er gewählt hatte, ein Richtungswechsel, und sie hatte das schon früh gesehen, es aber nicht sehen wollen und trotzdem alles versucht, um ihn zurückzuholen, aber da hatte er sich schon verabschiedet und war auch nicht mehr aufzuhalten, und schließlich tat er, was er tun musste, und ging, viel zu früh, denn gehen mussten wir alle, das wusste er besser als andere, nur war er nicht herzlos genug, um bleiben zu wollen.

Sie redeten, schwiegen und redeten wieder, draußen war es bewölkt und wurde nur langsam hell, Oona verspürte ein gewisses Verlangen in sich, und in ihm, also legte sie die Hand auf sein Brustbein, und sie betrachteten sich gegenseitig, eine leichte Düsternis mischte sich in ihre Reaktionen, Erregung überschattet von Schwermut, ein Gefühl, das sich nicht mit einem Gefühl in Einklang bringen ließ, und erst als Anders nach einer Weile verkündete, dass er hungrig war, merkte Oona, dass sie es auch war.

Anders machte Frühstück, und Oona sah ihm mit Freude dabei zu, wie er gewissenhaft und nach genauem Plan die Eier, das Salz, die Butter und das Gemüse herausholte, offenbar folgte er einer detaillierten Checkliste in seinem Kopf, und wenn sie etwas zu ihm sagte, hielt er inne und hörte ihr zu, als könnte er nicht zwei Dinge gleichzeitig tun, und vielleicht konnte er das auch nicht, vielleicht war das bei ihm so, denn wenn er las, las er total konzentriert, und wenn er kochte, kochte er total konzentriert, und wenn er redete oder küsste oder lachte, war er total entspannt, aber wenn er arbeitete, schien ihm das große Aufmerksamkeit abzuverlangen, und sie fragte sich, wie wohl sein Kopf funktionierte und wie es war, er zu sein, sie ging quasi davon aus, dass seine Omeletts anders schmeckten, dass man seine Methode, seinen Ansatz herausschmeckte, dass sie irgendwie nach Anders schmeckten, so wie sein Körper nach Anders schmeckte, aber dem war nicht so, es waren nur Omeletts, und sie waren sehr gut.

*

Oona war bei der Arbeit an dem Abend, als die Unruhen ausbrachen, ihr Kurs war nur halb voll, weil es vorherzusehen war, es gab tatsächlich schon Gerüchte, sogar Androhungen, also blieben die Leute lieber zu Hause, aber etwas kann vorhersehbar sein und trotzdem ein Schock, wenn es dann passiert, und als Oona und ihre Kollegen sich beeilten, das Studio abzuschließen und nach draußen zu kommen, herrschte Panik, und auf der Straße hörten sie es in der Ferne, das Brodeln der Anarchie, der Revolution, Oona konnte es riechen, den Geruch nach Rauch, eine dunkelhäutige Frau und ein hellhäutiger Mann rannten an ihr vorbei mit ihren beiden Kindern, womöglich kamen sie nicht an ihr Auto, und Oona fragte sich, ob die Frau immer schon dunkelhäutig gewesen war oder ob sich ihre Hautfarbe verändert hatte, die Kinder hatte sie nicht deutlich genug gesehen, um zu sagen, ob sie wie die Frau aussahen, ob es ihre sein konnten, und das alles passierte innerhalb eines einzigen Augenblicks, und dann überlegte Oona, ihnen zuzurufen, ihr Auto stünde gleich hier vorn, sie, Oona, könne sie mitnehmen, aber da war es schon zu spät, sie waren schon um die Ecke, aber Oona rief trotzdem, Hey, nicht laut, und hob die Hand, was sie natürlich nicht sahen, und warum sie das tat, konnte sie nicht erklären, ob, um ihnen zu helfen oder um jemand zu sein, der ihnen geholfen hätte, aber dann rief eine von Oonas Kolleginnen, Los, komm, und drängte sie weiter, also stieg Oona in ihr Auto und fuhr los.

Teilweise strömten die Leute in Richtung Stadtmitte, von wo aus die Unruhen sich ausbreiteten, teilweise strömten sie in die andere Richtung, es waren jeweils nicht viele, trotzdem war die Stimmung geladen, und Oona stellte fest, dass niemand an Stoppschildern oder roten Ampeln hielt, also tat sie es auch nicht, bremste aber immerhin ab und sah nach links und rechts, eigentlich rechnete sie damit, Sirenen zu hören, Polizeiwagen, Feuerwehr und Krankenwagen, aber es war nichts zu hören, was seltsam war, nur eine einsame Sirene, weit entfernt, als wären alle anderen Fahrzeuge mit Sirenen in die falsche Richtung gefahren oder steckten in ihren Einfahrten und Parkplätzen fest oder wären verbrannt, und da sie nicht mehr Sirenen hörte, horchte sie danach, den ganzen Heimweg über, und dass sie nichts hörte, machte es noch schlimmer, es gab ihr das Gefühl, das alles entzöge sich jeder menschlichen und gesellschaftlichen Kontrolle, wie eine Flutwelle, die über die Stadt rollte, über sämtliche Viertel hinweg, egal, was man getan hatte oder nicht getan hatte.

In ihrer Straße war es ruhig. Friedlich. Sie parkte und ging ins Haus, und kurz kam es ihr vor, als hätte sie sich das Ganze nur eingebildet, aber in der Zeit hatte sie schon das Handy herausgeholt und sah sich an, was die Leute gefilmt hatten, und diese Bilder waren Bilder aus einer anderen Welt oder zumindest einem anderen Land, Bilder von Feuern, Prügeleien und Menschenmassen, verwackelte Winkel, aufgeregte, ängstliche Hände, dazu Geschrei, Gegröle und Lachen, es war unmöglich zu verstehen, was da los war, ob das alles überhaupt hier und heute stattfand, und jetzt sah sie, dass sie mehrere verpasste Anrufe von Anders hatte, sie hatte ihn vom Studio aus angerufen, aber nicht erreicht, und er hatte mehrmals zurückgerufen, das letzte Mal erst vor ein paar Minuten, sie wusste nicht, warum sie es nicht mitbekommen hatte, vielleicht war das Handy auf stumm gestellt oder zu leise, also wählte sie seine Nummer, aber es klingelte weder, noch sprang die Mailbox an, die Leitung war stumm, obwohl sie Empfang hatte, das Handy zeigte volles Signal, nur dass es kein Feedback bekam, es hing irgendwo fest, es brauchte eine Reaktion, die nicht kam, eine Freigabe, ein Zeichen, was es als Nächstes tun sollte, und darauf wartete es vergeblich, obwohl es nichts mehr zu warten gab.

8

ES WAR DER ERSTE BITTERKALTE TAG des Jahres, die Bäume hatten fast alle Blätter abgeworfen, und in einer mondlosen Nacht, allein zu Hause, glaubte Anders die alten Gräuel erwachen zu spüren, die fast vergessene Barbarei, auf der die Stadt sich gründete, all das versammelte sich jetzt da draußen und zerrte mit dem Wind an seinen Fenstern.

In gewisser Hinsicht beneidete er auf einmal die Militanten, und er fragte sich, ob, wenn sie ihn aufgenommen hätten, er gern einer von ihnen gewesen wäre, was, wie er vermutete, nicht ganz unwahrscheinlich war, und wäre er noch weiß gewesen, würde er jetzt vielleicht da draußen herumlaufen und sich den fahlen Atem in die Hände pusten, sich der eigenen Rechtschaffenheit gewiss oder zumindest sicher vor der ihren sein, aber wie es aussah, bestand diese Möglichkeit nicht, stattdessen saß er hier und fror zwar weniger, hatte dafür aber mehr Angst.

Das Gym hatte einen Brandschaden davongetragen, nicht schlimm, nur einen kleinen, und wie die meisten Geschäftsinhaber hatte Anders' Chef beschlossen, den Laden eine Weile zuzumachen, weswegen Anders zwar nicht entlassen wurde, aber auch nicht wirklich arbeitete, jedenfalls bekam er kein Gehalt, also musste er auf seine Ersparnisse zurückgreifen und auf das, was sein Vater ihm gegeben hatte, und während er an jenem Abend sein Geld zählte und die Vorräte durchging, dachte er plötzlich an den Putzmann und ob er ihn vielleicht anrufen sollte, um zu sehen, ob alles in Ordnung bei ihm war, oder ob das verrückt war und ihn nichts anging, aber er hatte seine Nummer sowieso nicht, außerdem fiel ihm zu seinem Erstaunen ein, dass er nicht mal seinen Nachnamen wusste.

Oona schrieb ihm, sie schrieben lange hin und her, und danach surfte Anders ein bisschen im Netz, wie es aussah, gab es in der Stadt weiterhin viele Leute, deren Hautfarbe sich veränderte, Weiße, die dunkelhäutig wurden, und obwohl die Unruhen nachgelassen hatten, wurden die Militanten immer aggressiver, auf Feldern tauchten Leichen auf, die Kommentatoren waren uneins, was die genauen Zahlen betraf, stritten, ob es jetzt zwei oder drei oder sechs waren, aber leugnen tat es niemand, sie wurden begraben, und es hieß, die Toten seien dunkelhäutig gewesen, aber nicht ausschließlich, und unter den Dunkelhäutigen seien einige es nicht immer gewesen.

Anders behielt das Gewehr in Reichweite. Er traute sich nicht vor die Tür, nachts hatte er es neben dem Bett liegen, und wenn er kochte, stand es an der Wand zwischen Kühlschrank und Geschirrschrank, eine Zeit lang nahm er es sogar mit auf die Toilette, und als ihm das übertrieben erschien, legte er es einfach auf den Sofatisch, wo er es sehen konnte, wenn er die Badezimmertür offen ließ.

Das Gewehr sollte Anders eigentlich ein Gefühl von Sicherheit geben, raunte ihm aber gleichzeitig beharrlich eine Frage zu, nämlich, wie sehr er eigentlich am Leben hing, immer wieder stand sie da, an den endlosen Nachmittagen und nachts, wenn draußen die Bäume schwankten, und er wusste, dass es das Einfachste wäre, dem Ganzen ein Ende zu setzen, und vielleicht war das der Punkt, vielleicht ging es darum, ihn zu brechen, sie alle zu brechen, uns alle, ja, uns, wie seltsam, in so ein ›uns‹ gezwängt zu werden, und so fragte Anders sich, wie es wohl anderen dunkelhäutigen Menschen erging, wie sie mit der Situation zurechtkamen, ob sie sich umbrachten, entweder direkt mit Waffen oder indirekt mit Drinks, Pfeifen und Pillen, oder ob sie durchhielten, er hielt sich selbst nicht für besonders gewalttätig und auch nicht gerade für gemacht für diese Zeit, seine Mutter war tot und sein Vater auch bald und damit die Menschen, die er mit seinem Abgang am ehesten im Stich gelassen hätte, wenn er also blieb, dann nicht ihretwegen, nicht, weil er es ihretwegen musste, sondern seinetwegen, und trotzdem blieb er, auch wenn die Tage langweilig und angespannt waren, er blieb, und erst dadurch wurde ihm klar, wie sehr er es wollte, dass sein Lebenswille stärker war, als er gedacht hatte, trotz der unglücklichen Umstände und dieser seltsamen Hülle, die ihn umgab, vielleicht war es Sturheit, Selbstsucht, Hoffnung oder Angst, vielleicht auch Sehnsucht, die Sehnsucht, Anders bleiben zu können oder auch mit Oona zusammen zu sein, vor allem die, mit Oona zusammen zu sein, aber was immer es war, es war da, unerschütterlich, also zog er sich so warm an, wie er konnte, sah zu, dass er genug aß, und las und trainierte und wartete in seiner braunen Haut einsame Tage lang darauf, wie es weiterging.

*

Als die ersten Unruhen vorbei waren, stritt Oona mit ihrer Mutter, sie schimpfte mit ihr, redete mit ihr, schrie sie sogar an, konnte sie aber nicht überzeugen, bestenfalls ein bisschen aus dem Konzept bringen und ihr damit etwas von dem Glücksgefühl nehmen, an dem sie sich festhielt, und wenn sie stritten, wurde Oonas Mutter wütend, aber nur kurz, häufiger war sie verunsichert, dann sah Oona die Angst in ihren Augen, eine Angst so tief und beständig wie der Ozean, und sie erkannte sie, weil sie diese Angst in sich selbst spürte, und sie jetzt bei ihrer Mutter zu sehen, gefiel ihr ganz und gar nicht, im Gegenteil, sie hätte die Angst lieber ignoriert, denn sie sah, was es in ihr selbst zum Vorschein brachte, in vielerlei Hinsicht war es natürlich nicht hinnehmbar, was ihre Mutter glaubte und wie sie sich verhielt, in vielerlei Hinsicht aber auch besser, viel besser, als die trostlose Alternative, nämlich unterzugehen und an gar nichts mehr zu glauben.

Oonas Mutter wollte die Gewalt auf den Straßen beziehungsweise deren Ausmaß nicht wahrhaben, wenn es zu Gewalt gekommen sei, dann weil auf der anderen Seite bezahlte Aggressoren eingesetzt wurden, Saboteure, die versuchten, sowohl unsere Verteidiger als auch uns selbst zu töten, und dass sie manchmal auch ihre eigenen Leute töteten, um uns schlecht dastehen zu lassen, und auch weil einige von ihnen auf unserer Seite waren, deswegen töteten sie sie, in erster Linie ging es um Separierung, nicht weil wir besser waren als sie, obwohl wir das natürlich waren, das ließ sich nicht leugnen, sondern weil wir unsere eigenen Bereiche brauchten, wo wir für uns waren, weil wir in Schwierigkeiten steckten, viele von uns steckten in Schwierigkeiten, die Dunkelhäutigen konnten ja ihre eigenen Bereiche haben, da konnten sie sich um ihre eigenen dunklen Angelegenheiten oder was auch immer kümmern, wir würden sie nicht daran hindern, aber wir würden uns nicht an unserer eigenen Ausrottung beteiligen, das musste aufhören, es gab keine Zeit mehr zu verlieren, sie wollten uns jetzt verwandeln, uns erniedrigen, und das war ein Zeichen, ein Zeichen, dass, wenn wir jetzt nicht reagierten, wir keine Gelegenheit mehr dazu haben würden und unser Ende besiegelt war.

Oona konnte nicht bestreiten, dass es ihrer Mutter tatsächlich besser zu gehen schien, dass die Veränderungen in der Stadt und im ganzen Land ihr in gewissem Sinne entgegenkamen, und sie wurde das Gefühl nicht los, dass ihre Mutter recht hatte, nicht moralisch gesehen, aber in einer anderen Dimension, dass sie die Situation besser einzuschätzen wusste als Oona, als hätte sie Zugang zu einer geheimen Wahrheit, einer schrecklichen Wahrheit, eine Art Zauber, an den Oona nicht glaubte, der aber irgendwie funktionierte, es war, als kämen all die Geister zurück, in jede Stadt und jedes Haus, und auch zu ihrer Mutter, und entschädigten sie für ihr Leid und andere für deren Leid, aber Oona hatte nicht das Gefühl, entschädigt zu werden, eher, als würde sie noch mehr verlieren.

Oona vermisste ihren Vater nach diesen Gesprächen, ihren Vater, auf den man sich hatte verlassen können, der noch jeden zur Vernunft gebracht hatte, sie war sicher, dass er ihrer Mutter jetzt hätte helfen können, oder andersrum, wenn er noch da gewesen wäre, wäre ihre Mutter jetzt nicht an diesem Punkt gelandet, keiner von ihnen, aber als sie an ihren Vater dachte, fragte sie sich, ob er wirklich so ganz anderer Meinung als ihre Mutter gewesen wäre, er war kein schlechter Mensch, bestimmt nicht, aber er war auch kein Heiliger, und er hatte gewisse Reflexe bezüglich der Hautfarbe eines Menschen, die, das musste man dazusagen, durchaus verbreitet waren, zumindest damals in seiner Jugend, zum Glück hatte das Leben ihn nie zu irgendwelchen Extremen gedrängt, er hatte sich insgesamt gut gemacht, aber wäre dem nicht so gewesen, wer wusste das schon, und während sie darüber nachdachte, geriet ihr Bild von ihm ein wenig ins Schwanken, trotzdem vermisste sie ihn, ihren Vater, und auch ihren Bruder, der immer sein Liebling gewesen war und der ihn so vermisst hatte, zu sehr, ihr Bruder, der dachte, ihr Vater könne übers Wasser laufen, und der jetzt gesagt hätte, alles würde gut, der das immer sagte und sich jedes Mal irrte und es trotzdem wieder sagte, ob er es glaubte oder nicht, leere Worte, die gleichzeitig liebenswert waren, herzzerreißend, vielleicht hatte ihr Bruder es richtig gemacht, einfach abzuhauen, sich auf den Weg zu machen, nachdem ihr Vater nicht mehr da war, vielleicht hatten sie es beide richtig gemacht, die beiden Männer in der Familie, vielleicht hatten sie es kommen sehen und wollten nichts damit zu tun haben, Oona konnte es ihnen nicht verübeln, tat es aber trotzdem, sie hatte keine Wahl, jetzt lag es an ihr.

*

Anders hatte gehört, dass die Militanten anfingen, Menschen zu vertreiben, Dunkelhäutige, sie aus der Stadt zu jagen, und als er die Autos vor seinem Haus halten sah, wusste er, was das bedeutete, obwohl es vermutlich immer überraschend kommt, wenn das, worauf man gewartet hat, was man befürchtet, wenn eine solche Katastrophe tatsächlich eintritt, und so war Anders einerseits vorbereitet und andererseits auch nicht, jedenfalls hatte er nicht damit gerechnet, dass er einen der drei Männer, die ihn jetzt holen kamen, kannte, dass es ein Bekannter war, was die Sache noch viel schlimmer machte, intimer, als würde man erwürgt und dabei noch ermahnt, den Mund zu halten, Anders wartete nicht, bis sie kamen, er öffnete direkt die Tür, und dann stand er da, mit dem Gewehr in der Hand, die Mündung nach oben gerichtet, der Sohn ein Ebenbild des Vaters auf der Jagd.

Anders hoffte, dass er mutiger wirkte, als er sich fühlte, die drei Männer waren bewaffnet, blieben aber, als sie ihn sahen, ein paar Schritte entfernt stehen und starrten ihn verächtlich und gleichzeitig fasziniert an, und der eine, den er kannte, schien geradezu begeistert, als wäre das hier etwas Besonderes für ihn, etwas Persönliches, und Anders merkte, wie selbstgerecht sie waren, wie überzeugt, er, Anders, sei im Unrecht, er sei hier der Bandit, der sie bestehlen wollte, sie, denen man schon alles genommen hatte, außer ihr Weißsein, und das würden sie sich von ihm nicht wegnehmen lassen, weder von ihm noch von sonst irgendwem.

Andererseits waren sie auch nicht unbedingt froh darüber, dass er eine Waffe hatte und auch noch in die Offensive ging, das war schließlich ihre Rolle, damit hatten sie nicht gerechnet, die Sache war doch eigentlich ganz einfach, aber das stiftete Verwirrung, und so standen sie sich jetzt gegenüber, sein Bekannter, die beiden anderen und Anders, und Anders sagte, Hallo, Jungs, was kann ich für euch tun.

Sie redeten, und Anders hörte zu, und am Ende sagten die Männer, sie kämen wieder, und bis dahin solle er sich besser aus dem Staub machen, und Anders sagte, das würde man dann sehen, und als er das sagte, glaubte er fast, er würde bleiben, er klang wütend und war froh darüber, ignorierte ihr abschätziges Lächeln, aber als sie zurück zu ihren Autos gingen und Anders spürte, wie erleichtert er war, wusste er, dass er verloren hatte, dass er in nur wenigen Minuten Reißaus nehmen würde und dieser Ort, sein Zuhause, das ihm so vertraut war, nicht länger ihm gehören würde.

9

ALS ANDERS BEI SEINEM VATER ANKAM, nahm er ihn
mit ins Haus, zog die zerrissenen Vorhänge zu und parkte
dann den Wagen, der einmal seiner Frau gehört hatte, hinter dem Haus, auf dem schmalen Streifen, den seine Frau
ihren Garten genannt hatte, wo früher Blumen und Toma-
ten wuchsen und Zuckerschoten und Thymian, der jetzt aber
nur noch ein Fleckchen Erde mit ein paar trockenen, toten
Grasbüscheln war, er vergewisserte sich, dass der Wagen von
der Straße aus nicht zu sehen war, lief dann schwachen, stei-
fen, aber doch entschlossenen Schrittes zurück, um sich vollkommen erschöpft im Wohnzimmer zu seinem Sohn zu setzen, Fernseher an und Gewehre bei Fuß, und dort warteten
sie, dass jemand kam und Anders' Auslieferung forderte, aber
es kam niemand, niemand wollte ihn holen, jedenfalls nicht
an diesem ersten Abend.

Anders' Vater hatte sich noch nicht an seinen Sohn gewöhnt, daran, wie er jetzt aussah, im Grunde hatte er sich nie
so recht an ihn gewöhnt, auch nicht, als Anders ein Kind

war, als er so lange so still gewesen war, kaum seine Schnürsenkel hatte zubinden können oder in einer Handschrift schreiben, die man entziffern konnte, Anders' Vater war zwar kein besonders guter Schüler gewesen, aber kompetent, egal, was man ihm auftrug, nicht nur in der Schule, auch sonst, aber sein Sohn, sein Sohn war nicht so, und seine Mutter hatte das immer einfach hingenommen, deswegen war der Junge ihr Junge geworden, und zwischen ihnen beiden, ihm und seinem Sohn, hatte immer eine Mauer gestanden, und Anders' Vater konnte verstehen, warum der Junge als Kind gemobbt worden war, und er konnte verstehen, warum sie ihn jetzt aus der Stadt haben wollten, warum sie, und zwar mit gutem Recht, Angst vor ihm hatten, sich bedroht fühlten von diesem dunkelhäutigen Mann, in den sein Junge sich verwandelt hatte, an ihrer Stelle hätte er genauso gedacht, ihm gefiel das genauso wenig, er sah, welches Ende das nehmen würde, er war ja nicht blind, aber seinen Jungen würden sie nicht so leicht bekommen, nicht von ihm, seinem Vater, denn egal, wer Anders war, welche Hautfarbe er auch haben mochte, er war immer noch sein Sohn, und der Sohn seiner Frau, er stand an erster Stelle, vor allem anderen, er war das einzig Wichtige, und Anders' Vater war bereit, für ihn einzutreten, das war seine Pflicht, sie bedeutete ihm mehr als sein Leben, und er wünschte, er hätte noch mehr von diesem Leben in sich, in jedem Fall würde er alles für ihn geben.

Am Morgen fiel der Strom aus, im Haus war es dunkel, die Vorhänge waren ja zugezogen, aber ein bisschen was konnte man noch sehen, also beschloss Anders' Vater, die Kerzen bis zum Abend aufzubewahren, und sie gewöhnten sich an die Dunkelheit, Anders telefonierte mit Oona und erfuhr, dass bei ihr auch der Strom ausgefallen war, und sie redeten, bis ihnen bewusst wurde, dass sie ihre Handys nicht wieder aufladen konnten und die Akkus nur noch wenig Prozent hatten und sie aufhören mussten, und zwar sofort, und nachdem sie aufgelegt hatten, stellte Anders fest, dass sowohl er als auch sein Vater keinen Empfang mehr hatten, und Anders fragte sich, ob die Verbindung mit Absicht unterbrochen worden war, oder ob die Notstromversorgung an den Mobilfunkmasten ausgefallen war.

Anders war allein, er lag auf seinem alten Jugendbett, und ohne Zugang zur Onlinewelt fühlte er sich noch mehr allein, auch wenn er vorher genauso allein gewesen war, und ja, der Ton im Internet war rau geworden, nicht nur hier, im ganzen Land, aber immerhin war da noch was, und das hatte man ihm jetzt genommen, die Zeit lief langsamer, rollte ab, als wären die Minuten müde, als kämen sie dem Ende entgegen, und dann ging gegen Mitternacht plötzlich der Strom wieder an, sein Handy hatte Empfang, und die Zeit spulte sich wieder auf und lief weiter.

Die Tage vergingen, und auch wenn sie hin und wieder ein paar Schüsse hörten, eines Nachts direkt draußen vor der Tür, wurden sie selbst in Ruhe gelassen, Anders hätte also erleichtert sein können, dem Mob vorläufig entkommen zu sein, aber wenn überhaupt, dann hatte diese Erleichterung ihren Preis, denn jetzt, wo er wieder so nah bei seinem Vater war, stellte Anders entsetzt fest, welchen körperlichen Schmerzen er ausgesetzt war, das ließ sich vielleicht kurz mal verbergen, aber nicht einen ganzen Abend lang, nicht Stunden am Stück, dann sah Anders es in seinem Gesicht, in seinen Bewegungen, und auch wenn sein Vater ihn damit nicht belasten wollte und sich oft in sein Schlafzimmer zurückzog, hörte Anders ihn ächzen und mit seiner tiefen Stimme fluchen, eine Schlacht, die er allein dort drinnen führte, eine Schlacht, die er verlieren würde, Anders fühlte sich schuldig, kein besserer Sohn gewesen zu sein, seinen Vater sich selbst überlassen zu haben, auch wenn er wusste, dass dieser alles andere nicht zugelassen hätte, dass er allein durch seine Anwesenheit seinem Vater etwas nahm, ihm seine Würde nahm, ihn zwang, in einem Zustand gesehen zu werden, in dem er nicht gesehen werden wollte.

*

In der Stadt kam es weiter zu sporadischen Gewaltausbrüchen, unterdessen verwandelten sich immer mehr Menschen, und Oona merkte, dass es ihrer Mutter allmählich schwerfiel, ihren Optimismus aufrechtzuerhalten, weiter zu glauben, es würde sich schon alles von allein regeln, und sie, zu denen ihre Mutter sich zählte, würden gewinnen, und als bei ihr die ersten Zweifel aufkamen, kam auch in Oona etwas auf, nicht unbedingt Hoffnung, eher eine Vorstufe von Hoffnung, vielleicht die Ahnung einer Möglichkeit, was für eine Möglichkeit, wusste sie nicht, aber eine, die nichts mit Abgestumpftheit zu tun hatte, etwas, das die Abgestumpftheit durchbrach und Leben versprach.

Oona loggte sich bei ihren Social-Media-Accounts ein, was sie kaum mehr tat, ignorierte das allgemeine Gezeter und scrollte zurück zum letzten Sommer und dem weniger traurigen Sommer davor, und dann anderen, noch weiter zurückliegenden Sommern, wo sie nach Bildern von sich suchte, auf denen sie möglichst braungebrannt war, möglichst dunkelhäutig, auf diesen Bildern war ihr Haar meistens voller, wilder, vom Wasser zurückgeklatscht, in Pools, Seen oder am Strand, und sie fing an, mit den Bildern herumzuspielen, sie noch dunkler zu machen, aber dadurch wurde alles dunkler, und sie wollte nur sich dunkler, also fand sie online einen entsprechenden Filter, fütterte ihre Bilder in den Algorithmus und sah zu, wie sie sich verwandelte, nicht nur die Hautfarbe, alles, was sie wollte, manchmal sah das Ergebnis echt merkwürdig aus, manchmal auch beeindruckend, richtig schön sogar, es gefiel ihr, dass sie es war und gleichzeitig auch nicht, eine nicht ganz aktuelle, noch nicht so kaputte Sie, eine Sie mit jeder Menge Potenzial, eine zukünftige Sie, hervorgegangen aus einer vergangenen Sie, für die es keine Rolle spielte, wo sie jetzt war, die überhaupt nichts damit zu tun hatte, die frei war, und das brachte Oona auf eine Idee, die sie nicht mehr losließ und auch nicht mehr loslassen wollte, die sie in ihrer Begeisterung dazu brachte, eine Bestellung aufzugeben.

Oona und ihre Mutter vermieden es, solange nicht unbedingt nötig, vor die Tür zu gehen, zumal es auf den Straßen nirgends sicher war, nicht mal in ihrer Gegend, nicht mal, wenn man so aussah wie sie, es konnte jeden erwischen, manchmal war es einfach Diebstahl oder Rache oder Willkür, und ob die Berichte in den Nachrichten nun übertrieben waren oder nicht, Oona und ihre Mutter kannten beide persönlich Leute, die angegriffen worden waren, Geschichten, die man nicht einfach so abtun konnte, also blieben sie zu Hause.

Aber geliefert wurde weiterhin, man bekam Pizza, Alkohol, Medikamente, Drogen, alles Mögliche, direkt vor die Haustür, vielleicht nicht innerhalb von Minuten, aber von Stunden, und als Oonas Lieferung kam, waren die Boten wie immer zu zweit unterwegs, einer blieb im Auto sitzen und passte auf, und der andere klingelte, Pistole an der Hüfte, Cap tief in die Stirn gezogen, ein paar helle Strähnen guckten darunter hervor, und Oona rief ihm oben vom Fenster aus zu, zeigte ihm ihr Gesicht, ihre Hautfarbe, warf einen Umschlag mit Trinkgeld runter und bat ihn, die Tüte vor der Tür stehen zu lassen.

Der Mann sah sich das Haus an und reagierte nicht sofort, Oona trat einen Schritt zurück, außer Sichtweite, als wäre alles besprochen und erledigt, aber der Wagen rührte sich nicht von der Stelle, eine ganze lange Minute blieb er dort stehen, dann fuhren sie endlich los, trotzdem wartete Oona, bis sie ein Stück entfernt waren, sie holte ihre Bestellung, schnell raus, schnell wieder rein, doppelt abschließen, dann zurück in ihr Zimmer, und alles war da, alles, wofür sie bezahlt hatte.

Oona trug vorsichtig das Make-up auf, wischte es wieder weg und fing noch mal von vorn an, wenn sie einen Fehler gemacht hatte, sie spürte, wie sich die Flüssigkeit aus den Tuben auf der Haut verteilte und trocknete, bis sie praktisch fest war, und wie sich im Gegenzug der Puder auf den Pinseln wie eine Flüssigkeit verteilte, höchst konzentriert betrachtete sie ihr Werk, was sie da erschuf, wäre ihr früher vielleicht peinlich gewesen, wahrscheinlich hätte sie sich dafür geschämt, aber jetzt musste es unbedingt ans Licht, die dunkelhäutige Frau, die auf einmal zum Vorschein kam, dunkel und dynamisch, ja, dynamisch, es gab kein anderes Wort dafür, diese Frau war absurd, ein Affront, aber auch aufregend, und Oona hatte eigentlich nicht vorgehabt, dieses Gesicht zu behalten, das sie da erschaffen hatte, sie hatte es nur sehen wollen, die Wand des Canyons hochklettern, nicht sich an den Rand setzen, aber dann konnte sie doch nicht widerstehen und ließ es erst mal drauf, auf dem Weg nach unten und zum Abendessen.

Oonas Mutter erschrak erst und reagierte dann frostig, sie sagte, du solltest dich schämen, und als Oona sagte, ich schäme mich, sagte ihre Mutter, o nein, tust du nicht, solltest du aber, und Oona sagte, doch, wirklich, und dann hörten sie auf zu reden und aßen schweigend, und während das Schweigen andauerte, merkte Oona plötzlich, dass sie geglaubt hatte, ihren Auftritt genießen, eine Art Sieg davontragen zu können, aber sie genoss es nicht, natürlich nicht, und es gab auch keinen Sieg, nur Niederlagen, für sie beide, keine von ihnen beiden konnte gewinnen, jedenfalls sie, Oona, nicht, denn in ihrem Gewinn lag ein Verlust, der einen Gewinn unmöglich machte, also ging sie danach hoch auf ihr Zimmer und versuchte herauszufinden, was sie so fasziniert hatte an diesem Gesicht, das sie erschaffen hatte, aus dem Gesicht, das ihre Mutter erschaffen hatte, ihre Mutter und ihr Vater, aber sie fand es nicht heraus, und es wieder abzunehmen, dauerte und war eine ziemliche Schmiererei, was sie so nicht kannte, weil sie sich nie stark geschminkt hatte und es auch gar nicht richtig konnte, und die braune Schicht, die sich von der Haut löste und im Müll landete und ins Waschbecken floss, fühlte sich an wie ein sterbender Fluss, wie ein Fluss, der in einem Labor sterilisiert wird.

10

ONLINE KONNTE MAN SICH seine eigene Meinung darüber bilden, was los war, und diese eigene Meinung unterschied sich höchstwahrscheinlich von der anderer Menschen,
und natürlich ließ sich nicht wirklich sagen, wer recht hatte,
die Grenzen zwischen der eigenen Wahrnehmung und der
Außenwelt verschwommen, bis es kaum noch eine Grenze
gab.

Anders blieben vor allem die Bilder von zwei Männern
aus der Stadt im Kopf, zwei dunkelhäutige Männer, die sich
in der Nähe von Anders' Wohnung begegnet waren, aus der
er ja geflüchtet war, es sah so aus, als würden sie sich kennen, aber so genau ließ sich das nicht sagen, erst gingen sie
aufeinander zu, als würden sie sich kennen, aber als sie einander näher kamen, sah es dann nicht mehr so aus, er konnte auch nicht hören, was sie sagten, die einzigen Geräusche
kamen von dem Mann, der sie aus einiger Entfernung aus
seinem Haus heraus filmte, warum, war nicht klar, und plötzlich, ohne jede Vorwarnung, duckte sich einer der beiden,

wie ein Boxer, der einem Schlag ausweicht, aber nicht so anmutig und kontrolliert, eher ungelenk, und im selben Moment zog der andere eine Knarre, und als der eine wieder hochkam, schoss ihm der andere einfach so in den Kopf, einfach so, daraufhin duckte der eine sich wieder, aber diesmal duckte er sich nicht, sondern fiel, und die Worte in dem Video, oh shit oh shit, klangen fast begeistert, als sollte das irgendwie unterhaltsam sein, und dann ging der Schütze weg, und der andere Mann lag da und rührte sich nicht, das Video lief noch eine gute Minute weiter, und er rührte sich immer noch nicht, oder wenn, dann nicht genug, dass man es sehen konnte, Anders fragte sich die ganze Zeit, ob er einen der beiden kannte, nicht dass man sie hätte erkennen können, Anders konnte es jedenfalls nicht, aber vielleicht war einer von beiden oder waren beide ja vorher weiß gewesen, irgendwas an ihnen kam ihm auf jeden Fall vertraut vor, vielleicht die Haltung, vielleicht sah einer von ihnen auch so aus, wie Anders jetzt aussah, fast ein bisschen, als könnte er ein Bruder von ihm sein, von dem Anders, der er jetzt war, Anders hatte nie Geschwister gehabt, deswegen war es ein komisches Gefühl, dass der Schütze womöglich mit ihm verwandt war, wie genau er allerdings mit ihm verwandt sein sollte, konnte Anders nicht sagen.

Es waren noch andere Morde mit der Kamera festgehalten worden, aber dieser hier beschäftigte die Leute am meisten, es gab jede Menge Kommentare und hitzige Diskussionen darüber, was passiert war und was das bedeutete, und

Anders hatte zwar keine Ahnung, was es bedeutete, aber anscheinend bedeutete es etwas, also sah er sich die Szene wieder und wieder an und verließ das Haus seines Vaters nicht ein einziges Mal.

Oona hatte das Video auch gesehen, als es vor ein paar Wochen aufgetaucht war, es dann aber schnell wieder vergessen, stattdessen beobachtete sie, wie das Leben in der Stadt wieder zur Normalität zurückkehrte, oder wenn nicht zur Normalität, dann wurde es doch zumindest nicht noch unnormaler, während sich gleichzeitig immer mehr Menschen verwandelten, und zwar so viele, dass es schon keinen mehr überraschte, wenn wieder jemand dran war, es war sozusagen gang und gäbe, inzwischen hatte sich die Hälfte ihrer Online-Kontakte verwandelt, außerdem herrschte weniger Gewalt auf den Straßen, jedenfalls den Berichten nach, ein oder zwei Leute, die sie kannte, die Mutigeren unter ihren Bekannten, gingen sogar schon wieder aus dem Haus, sie setzten sich ins Auto und fuhren durch die Gegend, zumindest tagsüber, filmten hinterm Lenkrad oder vom Beifahrersitz aus, und als Oona das sah, verspürte sie allmählich den Drang, selbst rauszugehen, vielleicht noch nicht sofort, aber wenn es so weiterlief, doch bald.

*

Obwohl inzwischen bestimmt auch schon viele von ihnen die Hautfarbe gewechselt hatten, fragte Anders sich immer noch, ob er den Nachbarn vertrauen konnte, nicht weil er sie nicht gekannt hätte, die meisten wohnten schon ewig dort, aber vielleicht kannten sie ihn nicht, als Dunkelhäutigen, und nicht als den Anders, dem sie sich verbunden fühlten, den Anders, den sie als Anders kannten, auf jeden Fall fühlte er sich nicht wohl dabei, dass sein Auto hinter dem Haus parkte, wo die Nachbarn es sehen konnten, natürlich war ein altes Auto noch kein Beweis, nicht für seine Anwesenheit, für gar nichts, nicht, solange es sonst keinen Grund zum Misstrauen gab, und wenn er den Wagen woanders geparkt hätte, hätte er sich noch unwohler gefühlt, letztendlich versprach das Auto auch eine Art Freiheit, die Möglichkeit abzuhauen, außerdem hatte Anders gleich zu Beginn seinen Vater gefragt, was er dachte, ob die Nachbarn ihm wohl auf die Schliche kommen und ihn ausliefern würden, aber sein Vater hatte darauf nicht geantwortet, oder vielleicht doch, wenn er es sich recht überlegte, denn irgendwann später hatte er gesagt, du hältst dich besser von den Fenstern fern, und wahrscheinlich war das seine Art, damit umzugehen, und Anders, na ja, Anders hatte nicht weiter nachgebohrt.

Im Haus festzustecken forderte seinen Tribut, und auch wenn es draußen kalt war, schien an manchen Tagen doch die Sonne, eine strahlend klare Wintersonne, von der man schneeblind wurde, wenn Schnee lag und man mit bloßem Auge hinsah, aber da die Vorhänge zugezogen waren, konnte Anders nur einzelne Streifen Licht und vertikal abgeschnittene Ansichten der Außenwelt erkennen, schmal wie die Gitterstäbe einer Zelle, und so fühlte er sich auch, gefangen, doppelt und dreifach sogar, in seiner Haut, in diesem Haus, in seiner Stadt.

Er hatte Oona gebeten, nicht zu kommen, aber irgendwann kam sie dann doch und meinte, die Lage würde sich entspannen, die Leute passten sich an, die paar Militanten, die noch übrig waren, machten ihr nichts mehr aus, wobei sie bei Letzterem nicht ganz sicher war, und Anders war mehr als erleichtert, sie zu sehen, und so zog sich Anders' Vater, nachdem er Oona begrüßt und kurz mit ihr geredet hatte, in sein Zimmer zurück, und Oona war auch erleichtert, endlich da zu sein, fühlte sich aber auch ein bisschen wie ein Teenager, als gingen sie noch zur Schule, es war nur so, dass Anders nichts mehr zu rauchen hatte, sowieso kiffte er nie in Anwesenheit seines Vaters, der immer schon ein Gegner von Gras gewesen war, allerdings kein Problem mit Tabak hatte, den er selbst in rauen Mengen konsumierte, die Kippen lagen überall schön ausgedrückt in Aschenbechern, und es roch im ganzen Haus danach, Oona hatte noch eine Quelle, wo man Gras bekam, eine war versiegt, aber es gab noch eine andere, sie hätte auch welches mitgebracht, wenn Anders es ihr nicht verboten hätte, zumal sich zum Kiffen rauszuschleichen, wie er es als Teenager immer getan hatte, zur Zeit zu riskant war, also redeten sie ohne Gras, hörten Musik und saßen auf dem Sofa, und als sie sich dort im Haus zum ersten Mal küssten, sah Anders' Vater sie zufällig auf dem Weg in die Küche und schaute sofort wieder weg, was Oona rücksichtsvoll fand, aber Anders sah auch noch etwas anderes, er sah das Unbehagen im Gesicht seines Vaters, das Unbehagen, ein weißes Mädchen einen dunkelhäutigen Mann küssen zu sehen, auch wenn der dunkelhäutige Mann kein dunkelhäutiger Mann war, auch wenn der dunkelhäutige Mann Anders war, also sagte Anders sich, dass er sich täuschte, obwohl er wusste, dass er sich nicht täuschte, sein Vater war generell kein diskreter Mensch, aber er gab sich alle Mühe, es nicht zu zeigen, seinem Sohn nicht das Gefühl zu geben, etwas anderes als Anders zu sein, weniger wert als Anders zu sein, und dass sein Vater sich diese Mühe machte, war für Anders eben das, was möglich war, und das musste natürlich reichen.

*

Oonas Mutter bemerkte zwangsläufig die dunkelhäutigen Gesichter in ihrer Straße, offenbar wurden es jeden Tag mehr, vielleicht stromerten sie nicht einfach in der Gegend herum, so schlimm war es nicht, noch nicht, aber zum Beispiel spielten sie auf dem Rasen, wenn auf dem Rasen Schnee lag, oder schaufelten in den frühen Morgenstunden ihre Wege frei, eine Frau winkte Oonas Mutter sogar mal zu, als sich ihre Blicke trafen, als wäre es das Natürlichste der Welt, als hätte sich nichts geändert, aber es war nicht natürlich, alles hatte sich geändert, auch wenn das außer ihr offenbar niemand sah.

Der Fernsehsender, den sie meistens einschaltete, war abgestellt worden, jetzt aber wieder da, und neben den weißen Moderatoren gab es jetzt auch dunkelhäutige, der Umgang zwischen ihnen wirkte allerdings etwas gezwungen, gezwungen und unnatürlich, sie machten Scherze, während sie über die trostlosesten Themen sprachen, und bei einem ihrer liebsten Radiomoderatoren hatte sich die Hautfarbe verändert, und anscheinend auch der Verstand, es ergab einfach keinen Sinn, was er neuerdings erzählte, er kam ihr vor wie ein Hochstapler, ein Betrüger, auf jeden Fall konnte Oonas Mutter ihn nicht mehr ertragen.

Online drehten die Diskussionen sich inzwischen um die Suche nach einem Heilmittel, und während sich einige im festen Glauben, das Unheil sei ansteckend, an unberührte Orte zurückziehen wollten und von fernen Inseln, Bergen und Wäldern sprachen, konnte Oonas Mutter nicht weg, und die meisten anderen auch nicht, und so ging es im Allgemeinen darum, wie man dem Schrecken ein Ende setzen könnte, aber auf jede Geschichte von einem Wundermittel oder Gebräu, von dem man wieder weiß wurde, kamen drei oder vier von jemandem, der nach der Einnahme furchtbar krank geworden oder sogar gestorben war, sodass Oonas Mutter allmählich jede Hoffnung verlor.

Eines Abends erschütterte eine gewaltige Explosion die Stadt, die Druckwelle ging direkt durch ihr Haus, rüttelte an den Fenstern, mehr als das, schien zu testen, was sie aushielten, und ging auch durch Oonas Mutter, mitten durch die

Organe, und nach einem ersten Moment der Angst verspürte sie eine leichte Erregung, das Gefühl, dass etwas Großes
bevorstand, vielleicht wendete sich jetzt das Blatt, vielleicht
waren endlich die wahren Helden gekommen, doch dann trat
Oona in ihr Zimmer und sagte, wow, hast du das gehört, und
Oonas Mutter sagte, ja, und Oona sagte, ziemliches Unwet-
ter, und zog die Jalousien hoch, und da sah Oonas Mutter
die Blitze und den Graupel und die nackten Bäume im Licht
der Blitze, und sie hörte den Donner, jetzt nicht mehr ganz
so laut, und sie fing an zu weinen.

Oona kroch zu ihrer Mutter ins Bett, wie seit Wochen
nicht mehr oder vielleicht überhaupt noch nie, und sie hielt
sie in den Armen, so wie ein kleines Kind ein erwachsenes
Elternteil umarmt, so war es, oder nein, im Gegenteil, ein
Riesenkind, das ein winziges Elternteil umarmt, wiederge-
boren in ein anderes Leben, in umgekehrter Reihenfolge, ein
Leben, in dem die alten Regeln nicht mehr galten.

11

ANDERS' VATER VERLIESS nur noch selten sein Zimmer, in dem es jetzt im Übrigen roch, ein Geruch, den er in Anders' Gesicht sah, wenn der hereinkam, und manchmal auch selbst roch, was komisch war, wie ein Fisch, der spürte, dass er nass war, und der Geruch, den sie rochen, war der Geruch des Todes, der, wie Anders' Vater wusste, unmittelbar bevorstand, und das machte ihm Angst, aber es machte ihm nicht unbedingt Angst, Angst zu haben, er hatte lange genug mit der Angst gelebt und sich nicht von ihr beherrschen lassen, noch nicht, und er würde auch weiter versuchen, sich nicht von ihr beherrschen zu lassen, oft hatte er nicht die Energie, groß nachzudenken, aber wenn doch, dann dachte er darüber nach, was einen guten Tod ausmachte, und er fand, ein guter Tod wäre einer, der seinem Sohn keine Angst machte, es war nicht die Pflicht eines Vaters, nicht vor den Augen seines Sohnes zu sterben, darüber hatte man keine Kontrolle, aber wenn er schon vor den Augen seines Sohnes sterben musste, dann doch bitte so gut er konnte, auf eine Art, die seinem Sohn Kraft gab, Kraft zu leben und zu wissen, dass er eines Tages selbst einen guten Tod würde sterben können, so wie sein Vater, und so bemühte Anders' Vater sich, aus seiner letzten Reise etwas zu machen, das er ihm mitgeben konnte als Vater, was nicht einfach sein würde, nicht einfach war, fast unmöglich, aber das war es, was er sich in den Kopf gesetzt hatte und woran er festhielt, solange der noch funktionierte.

Die Schmerzen hatten ein Ausmaß erreicht, dass zeitweise nichts anderes mehr existierte, jahrelange Stunden, in denen der Mensch, Anders' Vater, verschwand und nur noch der Schmerz da war, dann verschwand der Schmerz wieder eine Weile und der Mensch kam wieder zum Vorschein, und wenn er wieder Mensch war, konnte Anders' Vater seinem verwandelten Sohn in die Augen sehen, ihm zunicken, sich von ihm an die Hand nehmen lassen und seinen spärlichen freundlichen Worten lauschen, die denen seiner Frau damals, der Mutter des Jungen, so ähnelten, und dann, wenn es an der Zeit war, in Richtung Tür nicken, damit der Junge rausgehen konnte, wenn der Schmerz sich zurückmeldete.

Nachdem er mehrere Wochen dort untergetaucht war, wagte Anders sich endlich aus dem Haus seines Vaters, um ihm Medikamente zu besorgen, die die Qualen ein wenig lindern würden, dabei erfuhr er von einem Hospizmitarbeiter, der bekannt für seine krummen Geschäfte war, und rief ihn an, und der Mann, der ans Telefon ging, erklärte Anders, er müsse persönlich vorbeikommen, wenn er mit ihm reden wolle, und er klang dabei so weiß, dass Anders ihm lieber nicht seine Hautfarbe verraten wollte, also steckte er sein Gewehr ein, nahm all seinen Mut zusammen und fuhr zu ihm hin, ohne unterwegs angehalten zu werden, und der Mann, der so weiß geklungen hatte, war am Ende dunkelhäutig, und Anders dachte, dass er überhaupt nicht so aussah, wie er geklungen hatte, und dann dachte er, wer weiß, vielleicht denkt er dasselbe über mich.

Anders schilderte ihm die Situation, und obwohl nicht klar war, ob der Mann ihm glaubte, erklärte er Anders, was er brauchte, und Anders zahlte in bar, es gab natürlich kein Rezept und es wurde auch gar nicht so getan, als ob es eins gäbe, nur eine braune Papiertüte, die Anders an seine Kindheit erinnerte, als sein Vater ihn einmal mit zur Arbeit genommen hatte und sie zwischen all den starken Männern auf der Baustelle saßen, und die Männer respektierten seinen Vater, das sah man daran, wie sie sich ihm gegenüber verhielten, und Anders war stolz gewesen, bei ihnen zu sitzen, ein Junge unter Männern, sie hatten ihre Taschen geöffnet und zusammen Mittag gegessen, als gehörte er zu ihnen.

Mit den Schmerzmitteln und beiden Händen am Lenkrad fuhr Anders zurück zu seinem Vater, dabei fiel ihm auf, wie viele dunkle Gesichter er sah, und dass die Stadt jetzt eine andere war, an einem anderen Ort, in einem anderen Land, mit all den dunkelhäutigen Menschen darin, mehr dunkelhäutige als weiße, Anders fühlte sich nicht wohl dabei, obwohl er selbst dunkelhäutig war, immerhin beruhigte es ihn zu sehen, dass ein paar Läden wieder aufhatten und die Ampeln größtenteils funktionierten, er sah sogar einen Krankenwagen, der ganz normal fuhr, ohne Sirene, einfach so von irgendwo nach irgendwo, an einem ganz normalen Tag, ohne jede Eile, wie verrückt war das denn, und als er nach Hause kam, ging er zu seinem Vater und gab ihm die Medikamente, und dann lief er von Zimmer zu Zimmer und zog die Vorhänge weit auf.

*

Die Abende waren immer noch kritischer als die Tage, und als Anders zum ersten Mal seit Monaten abends ausging, war es schon spät, sehr spät, Oona hatte ihn angerufen und gefragt, ob er nicht vorbeikommen wolle, und erst wollte er fragen, ob sie nicht lieber zu ihm kommen wolle, weil ihm der Gedanke nicht gefiel, seinen Vater allein zu lassen, aber genauso wenig gefiel ihm der Gedanke, dass Oona um diese Uhrzeit allein durch die Gegend fuhr, dem Frieden war noch nicht zu trauen, es kam immer noch zu willkürlichen Gewalttaten, und wahrscheinlich hätte er sagen sollen, lass uns morgen treffen, aber da war etwas in ihrer Stimme, etwas Offenes, Einladendes, außerdem merkte er, während sie sprach, wie sehr er sich danach sehnte rauszukommen, sie woanders zu sehen, ihr Zuhause zu sehen, wo er nur ein einziges Mal gewesen war, als sie quasi noch Kinder waren und Anders mit ein paar Jungs bei Oonas Bruder war, von denen einer, wie Anders später erfuhr, damals mit Oonas Bruder zusammen war, und jetzt war Anders, mehr oder weniger, mit Oona zusammen und wollte mit Oona bei Oona sein, und als sie wissen wollte, was denn jetzt sei, und sagte, Tja, und das Wort in die Länge zog, tja, als wäre es in der Mitte elastisch, so langgezogen klang es, da sagte Anders Ja und machte sich auf den Weg.

Es war ein bitterkalter, wolkenloser Abend, der Mond war weg, zuletzt hatte er als scharfe Sichel, als dünner Streifen, am tiefschwarzen Himmel gestanden, und dieser Mond hatte nur wenig Licht abgegeben, und jetzt stand er irgendwo anders, unter dem Horizont, und die Nacht war dunkel, tief und dauerhaft dunkel, die Straßenlaternen waren zu einem großen Teil ausgefallen, und alles fühlte sich anders an als tagsüber, irgendwie ungeklärt, als wäre die Bedrohung noch nicht ganz weg, als hätte die Stadt noch eine Rechnung offen und das Ganze wäre erst vorbei, wenn die Rechnung beglichen war, aber dann zwang sich Anders aufzuhören, sich nicht in etwas hineinzusteigern, sich zu entspannen, vielleicht nicht entspannen, aber ruhig zu bleiben, nicht den Kopf zu verlieren, einfach die Augen aufzuhalten, und so fuhr er weiter, und nichts passierte, und dann war er da.

Oona kam raus, und als sie flüsterte, flüsterte er auch, sie sagte, ihre Mutter schlafe schon, und dann küsste sie ihn, lange und innig, mit ihrem ganzen Körper, sie ging leise mit ihm ins Haus, führte ihn nach oben, zeigte auf eine der Stufen und schüttelte den Kopf, damit er nicht drauftrat, und schon waren sie in ihrem Zimmer, er hörte ein Schnaufen, aber sie gab ihm mit einem Lächeln zu verstehen, dass er sich keine Sorgen machen müsse, und flüsterte, das macht sie immer im Schlaf, womit sie ihre Mutter meinte, dann schloss Oona die Tür, und irgendwie fand sie es erregend, hier im Zimmer ihrer Kindheit zu sein, das immer noch auch ein Kinderzimmer war, ihre Mutter gleich nebenan, und Anders fand es genauso erregend, und vielleicht spielte auch die diffuse Angst von der Fahrt eine Rolle, auf jeden Fall waren sie beide erregt, also zog Anders sie aus, und sie zog ihn aus, und sie hatten Sex in ihrem kleinen Bett und bekamen sonst so gut wie nichts mit, bis es vorbei war.

Aber als es vorbei war, sah Oona zur Tür, ihr Gesichtsausdruck veränderte sich, und als Anders zur Tür sah, war die Tür auf, und in der Tür stand Oonas Mutter, und Anders erkannte zwar sie, aber sie nicht ihn, sodass Anders kurz dachte, sie würde gleich schreien, aber sie schrie nicht, stattdessen rannte sie oder schwankte, sie schwankte aus der Tür, den Flur entlang in Richtung Bad, doch bevor sie da war, schwankte auch ihr Magen, sie verlor die Kontrolle, sie krümmte sich und übergab sich auf den Teppich, würgte und würgte, die Augen nass, die Nase nass, bis der Magen leer war und auch dann noch, und Oona stand neben ihr, in einen Bademantel gehüllt, wütend und beschwichtigend, irgendwie beides gleichzeitig, aber eher wütend als beschwichtigend, sie bückte sich auch nicht, um ihrer Mutter zu helfen, sie stand nur da, und der dunkelhäutige Mann namens Anders war schon unterwegs nach draußen, zu seinem Auto, sie hörte den Motor starten, und dann fuhr Anders, noch mit Oonas Geruch am Körper, weg und war weg.

*

Als Oona sich verwandelte, tat es nicht weh, und ja, es kam überraschend, obwohl sie damit gerechnet hatte, sie wunderte sich ein bisschen, dass es so spät kam, und so lag sie im Bett und ließ es mit klopfendem Herzen, aber ohne Panik, auf sich wirken, betrachtete ihren Arm, berührte die Haut, tastete nach Bauch und Beinen und stand dann auf, ihr Körper funktionierte genauso wie vorher auch, der Gleichgewichtssinn schien noch da, die Proportionen waren dieselben, wobei sie sich irgendwie leichter fühlte, weniger schwer, nicht dünner, es war nicht das Fleisch, das weniger wog, sondern etwas anderes, ein anderes Gewicht war von ihr genommen, ein äußeres, vielleicht von oben, eine Last, die sie lange getragen hatte, ohne sich dessen bewusst zu sein, und jetzt war sie weg, als hätte die Erdmasse sich kaum merklich verändert und die Schwerkraft damit abgenommen.

Oona ging zum Spiegel und sah eine Fremde, so richtig fremd war sie allerdings nur im ersten Moment, erstaunlich, dieser Mund, diese Augen, dann hatte sie schon das Gefühl, sie zu kennen, und nach und nach wirkte sie immer vertrauter, diese Frau, die Oona unverwandt ansah und deren Blick sie erwiderte, bis sie beide ein klein bisschen lächelten, Oona und diese dunkelhäutige Frau, die eben noch eine Fremde war, aber gleichzeitig auch unbestreitbar Oona.

Oona wusste nicht, warum, aber plötzlich überkam sie eine große Melancholie, das traurige Gefühl, etwas zu verlieren, vielleicht war es die alte Oona, um die sie trauerte, das Gesicht, das sie gekannt hatte, der Mensch, der sie gewesen war, der Mensch, in dem sie gelebt hatte, als der sie in Erscheinung getreten war, und wenn nicht das, vielleicht bestimmte Erinnerungen, die sie gern wachgerufen hatte und bei denen sie sich jetzt fragte, ob sie sie weiter wachrufen würde, vielleicht war es auch jemand, der mit dem kleinen Mädchen verwandt war, das noch nicht ihren Vater und ihren Bruder verloren und noch nicht damit zu kämpfen hatte, nicht auch noch ihre Mutter zu verlieren, aber natürlich sahen die Personen, die sie vorher gewesen war, noch mal anders aus, anders als sie, Oona, noch gestern ausgesehen hatte, sie hatte sich verändert, bevor sie sich verändert hatte, jedes Jahrzehnt, jedes Jahr und jeden Tag, also dachte sie, dass es keinen Grund gab, ihre Erinnerungen auszulöschen, zumindest nicht die guten.

Abgesehen davon war die Melancholie nicht von Dauer, zumindest nicht an jenem Morgen, die Leichtigkeit war stärker, das Gefühl, aus einem Gefängnis auszubrechen, aus dem sie schon lange hatte ausbrechen wollen, ihr Leben war eine einzige Last geworden, und sie hatte keinen Ausweg gesehen, so war es ihr vorgekommen, dass es keinen Ausweg gab, aber jetzt sah es so aus, dass es den vielleicht doch gab, dass sie sich häuten konnte wie eine Schlange, nicht mit Gewalt, nicht kaltblütig, einfach indem sie die Fesseln der Vergangenheit abschüttelte, um endlich wieder ungehindert wachsen zu können.

DRITTER TEIL

12

ALS OONAS MUTTER OONA SAH, wusste sie, dass es
Oona war, und sie setzte sich aufs Sofa und sagte kein Wort,
bis Oona sagte, Mutter, und ihre Mutter den Blick senkte,
immer noch auf Oona gerichtet, aber auf Oonas Beine, auf
die Jeans, die ihre Tochter trug und die sie schon sehr lange
hatte, und dann auf Oonas bunte Laufschuhe, die sie letzten Herbst gekauft hatte, nur nicht auf Oonas Gesicht, das
nagelneue Gesicht ihrer Tochter, und Oona sagte, tut mir
leid, aber warum sie das sagte, wusste sie nicht, ihre Mutter
war einen Augenblick lang still, und dann noch einen Augenblick, aber danach war sie nicht mehr still, und sie sagte,
vielleicht sollten wir frühstücken, und irgendwie fühlte es
sich für Oona so an, als wäre es das Beste, das Beste, was
ihre Mutter hätte sagen können, zumindest wollte Oona, dass
es sich so anfühlte, und dann lächelte sie und nickte und sagte, Ja, kommt sofort.

In der Küche werkelte Oona mit Tellern und Messer zwischen Herd und Kühlschrank herum. Obst war in letzter

Zeit schwer zu bekommen gewesen, aber immerhin hatten sie frische Rote Bete, die Oona schälte, zusammen mit Kartoffeln in Würfel schnitt und kochte und dann in der Pfanne mit Zwiebeln und zwei Paar Spiegeleiern anbriet, und als sie fertig war, hatten sie ein leckeres, farbenfrohes Frühstück, mit einer leichten Süße, wie ihre Mutter es gernhatte, und auch wenn es nicht viel war, war es doch etwas Besonderes.

Oonas Mutter betrachtete ihre Mahlzeit, während sie aß, sie sagte nicht viel, nur, schmeckt gut, und das reichte Oona schon, und irgendwann sah sie ihr Spiegelbild in einem unbenutzten Servierlöffel, unförmig, verzogen und matt, aber auffällig, weil dunkelhäutig und weil der zu kleine dunkle Kopf komprimiert in der konkaven Form saß, irgendwie dunkler als die Hand, die den Griff hielt, woraufhin Oona mit dem sauberen Löffel den letzten Rest aus der Pfanne kratzte, sodass das Spiegelbild verschwand und der Löffel wieder ein Löffel war und kein Zerrspiegel im Gruselkabinett.

Oonas Mutter saß da und schob sich das Frühstück in den Mund, Bissen für Bissen, sie kaute und schluckte, obwohl ihr Mund trocken war und der Kiefer müde und das Schlucken ihr immer schwerer fiel, und sie wusste, dass es hart für Oona sein musste, für ihre arme, einst so schöne Tochter, jetzt in dieser Situation zu sein, so auszusehen, und dass ihr damit praktisch alles genommen wurde, aber sie, Oonas Mutter, war natürlich ein guter Mensch, wirklich, sie wollte ihrer Tochter eine Stütze sein und tat ihr Bestes, sich nichts anmerken zu lassen und am Tisch sitzen zu bleiben, aber es war ein Kampf, ein verzweifelter Kampf, und schließlich konnte sie nicht mehr und hörte auf, sie hörte auf zu essen, hörte sogar auf zu kauen und ließ den kleinen Rest auf dem Teller liegen, rückte den Stuhl ab, stand auf und stieg die Treppe hoch zu ihrem Zimmer, wo sie die klebrige Pampe, die sie noch im Mund hatte, ins Waschbecken spuckte, den Wasserhahn aufdrehte und die hängen gebliebenen Reste durch die kleinen Löcher im Abfluss drückte, und sich sagte, du kannst das, du kannst das, aber in dem Moment konnte sie es dann doch nicht, also schloss sie ihre Schlafzimmertür hinter sich und kam an dem Vormittag nicht mehr raus.

Oona wartete darauf, dass ihre Mutter zurückkam, auch wenn sie wusste, dass sie nicht zurückkommen würde, ihr Warten war wie eine Mahnwache, aber eine Mahnwache hat eine festgelegte Dauer, sie dauert nicht ewig, also stand Oona nach einer Weile auf, räumte den Tisch ab und machte die Küche sauber, schrubbte und wusch das Geschirr ab, bis ihre Finger verschrumpelt waren, nur dass sie nicht blutleer aussahen wie sonst nach dem Abwasch, sondern grau, wie mit Kreide bestäubt, oder als wäre Salz aus dem Grundwasser aufgestiegen, woraufhin Oona ein bisschen Hautcreme nahm und sich die Finger einrieb und rieb und rieb, bis sie wieder geschmeidig glänzten, in einem satten Braun und voller Lebenskraft.

*

Als Oona bei Anders' Vater ankam und Anders sie draußen abholte, hob sie leicht die Arme, die Handflächen nach oben, als wollte sie sagen, das bin jetzt ich, und Anders starrte sie an und sagte, Wow, und schüttelte den Kopf, und dann küsste sie ihn, und der Kuss fühlte sich anders an, weil ihre Lippen sich anders anfühlten oder seine Lippen sich anders auf ihren anderen Lippen anfühlten, und sie sagte, es täte ihr leid, was passiert sei, woraufhin er den Mund verzog und leise Danke sagte, und da sah sie die Traurigkeit in seinen Augen und merkte, dass er nicht dachte, dass sie sich für ihre Mutter entschuldigte, für ihr Verhalten an jenem Abend, denn das hatte sie gemeint, sondern dass sie ihm ihr Mitgefühl wegen seines Vaters aussprach, und als sie ins Haus ging und sah, wie schlimm es um ihn stand, wurde ihr klar, dass dies das Ende von Anders' Zeit als Sohn war und dass für Anders gerade nichts anderes zählte als das.

Oona hielt Anders' Hand, und mit der anderen Hand hielt Anders die Hand seines Vaters, und als sie dort so saßen und lagen, in einer Art Kette miteinander verbunden, hätte Oona gern mit Anders' Vater geredet und ihn nach seinem Sohn gefragt, wie er als Kind war, und nach der Mutter seines Sohnes und nach ihm selbst, wie er als junger Mann war, als er noch nicht Anders' Vater war, aber die Zeit der Gespräche war vorbei, zumindest für Oona und Anders' Vater, jetzt ging es nur noch darum, zusammenzusitzen und zu warten.

Anders hingegen hörte seinen Vater noch sprechen, ein Wort hier oder da, ab und zu ein ganz kurzer Satz, und er war froh über diese Momente, diese Worte, auch wenn er sie nicht immer verstand, da sein Vater nicht mehr so deutlich sprechen konnte, und in dieser Zeit, als die Worte, die er von sich gab, nur mehr Geräusche waren, dachte Anders oft an seine Mutter, oder jedenfalls kamen Erinnerungen in ihm hoch, daran, wie er sie vermisste, und er hoffte, dass es seinem Vater genauso ging.

Anders' Vater sah manchmal die dunkelhäutige Person an seinem Bett sitzen und wusste, dass es sein Sohn war, manchmal sah er Anders aber auch an und wusste nicht, wer er war, nur, dass er ihm gegenüber eine Verpflichtung hatte, dass er ihm geben sollte, was er konnte, also versuchte er, sein Bestes zu geben, sogar, oder vor allem, wenn er nicht sicher war, wer dieser Mensch dort war, denn dann verspürte er Vatergefühle, oder vielleicht auch Sohngefühle, als wäre er der Sohn und der andere der Vater, beide Vater, beide Sohn, als hätten sie ein Übereinkommen, diesen Gang zusammen zu gehen, und wenn nicht zusammen, so doch wenigstens nicht unbegleitet.

*

Inzwischen war fast die ganze Stadt verwandelt, nur ein paar blasse Versprengte geisterten noch durch die Straßen, als gehörten sie nicht hierher, diese Geister hatten begriffen, dass ihre Tage gezählt waren, und so verbreiteten nicht sie Angst und Schrecken, sondern andersherum, die Leute musterten sie im Vorbeigehen, und manchmal konnten sie nicht schlafen, weil sie noch weniger als sonst wussten, was ihnen womöglich im Schlaf passierte, was kein Wunder war, zumal es einem selbst unter normalen Umständen manchmal unmöglich erscheint einzuschlafen, solange man noch wach ist, und dann passiert es doch und ist keine Frage der Möglichkeit mehr, sondern ein wahr gewordener Traum.

Die meisten Läden, Büros, Bars und Restaurants waren wieder geöffnet, und die meisten Tankstellen auch, Schäden wurden repariert, Scherben aufgefegt, Brandspuren übertüncht und übermalt, außer dort, wo die Besitzer nicht mehr da waren, wo sie gestorben oder abgehauen waren, diese Läden blieben, wie sie waren, verfielen dann und wurden zu Mahnmalen, ein nackter Vorwurf, Risse im Boden einer Stadt, deren Probleme darunter begraben lagen.

Anders ging seinen Chef im Gym besuchen, er war sehr dunkelhäutig und immer noch sehr kräftig, vielleicht sogar kräftiger als vorher, wobei der Eindruck auch der Hautfarbe geschuldet sein mochte, jedenfalls wirkte er irgendwie leicht angeschlagen, fast ein bisschen gebrochen, versuchte aber zu lächeln, als wäre alles nur ein Witz, und als Anders ihm von seinem Vater erzählte und sagte, er brauche eine Auszeit, antwortete sein Chef, das sei kein Problem, und sagte Dinge, die im Grunde gar nicht merkwürdig waren, die nicht merkwürdig hätten sein sollen, aus seinem Mund aber trotzdem merkwürdig waren, wenn man wusste, wie er vorher gewesen war, denn was er sagte, fast zaghaft, war, dass es ihm leidtäte für den alten Herrn und für Anders und dass er ihnen beiden viel Glück wünschte.

Anders erkannte sonst niemanden im Gym, und auf dem Nachhauseweg dachte er, dass es noch eine Weile dauern würde, bis die Leute wieder wussten, wer wer war, außer natürlich bei denen, die schon vorher dunkelhäutig waren, und er fragte sich, ob die Leute, die dunkelhäutig geboren worden waren, den Unterschied bemerkten, ob sie sagen konnten, wer es schon immer gewesen war und wer es erst kürzlich geworden war, und während er so durch die Straßen fuhr, versuchte Anders genau das zu erraten, anhand der Art, wie jemand ging, sich bewegte oder auftrat, aber er war sich nicht sicher, ob die, die am introvertiertesten wirkten, deren Haltung nach innen gerichtet schien, die ihre Gesichter verhüllten, ob das ein Dunkelhäutigen-Ding war, ob dunkelhäutige Menschen schon immer so waren, oder ob es stattdessen ein Zeichen dafür war, dass ein Mensch dunkelhäutig geworden war und sich versteckte, wie er es selbst auch anfangs versucht hatte, oder ob keins von beidem zutraf und es eigentlich gar nichts Besonderes war und es ihm jetzt nur auffiel, weil er darauf achtete.

Oona musste, wenn sie in der Stadt unterwegs war oder wieder zur Arbeit ging, auch erst neu lernen, wer wer war und welcher Name zu wem gehörte, denn wer man war, bedeutete nicht mehr dasselbe wie früher, und sie selbst war zwar immer noch Oona und doch wieder nicht, sie hatte sich verändert, weil sie sich verändert hatte, wie genau, konnte sie allerdings nicht sagen, nur dass sie dunkelhäutige Menschen jetzt besser voneinander unterscheiden konnte, dass sie feinere Abstufungen in der Hautstruktur eines Menschen, der Form ihrer Wangenknochen und der Beschaffenheit der Haare erkennen konnte, als wären sie plötzlich alle Bäume und man könnte sie an ihren Zweigen, der Rinde, den Blättern und der Höhe unterscheiden, aber eben tatsächlich Bäume, keine anderen Pflanzen, also ein Moos zum Beispiel oder ein Farn.

Man konnte sich bisweilen vorkommen wie ein Blinder, wenn man Menschen so betrachtete, Oona begegnete manchmal Leuten, die sie kannte, ohne zu merken, dass sie sie kannte, außerdem fiel es ihr schwerer zu beurteilen, was für ein Mensch ein Mensch war, ob sie oder er nett war oder gefährlich, aber diese Blindheit brachte, genau wie tatsächliche Blindheit, auch eine neue Art zu sehen mit sich, andere Sinne schärften sich, sie leitete ein bestimmtes Gefühl aus der Art ab, wie jemand mit ihr redete, wie ein Mund sich bewegte, was für ein Ausdruck in einem Blick lag und welches Licht sie darin sah, war es Neugier oder Zorn, sie musste sich mehr Mühe geben, mit den Leuten klarzukommen, und jedes Mal bei null anfangen, was ermüdend war, sodass sie am Ende des Tages oft total erschöpft war und tief und fest schlief wie schon lange nicht mehr.

Als Oona einmal im Auto unterwegs war, hielt neben ihr ein Polizeiwagen, und der Polizist war eine Frau, die nicht

im Entferntesten aussah wie eine Polizistin, und Oona fragte sich, ob sie das jemals getan hatte, und als die Frau sie dann
musterte, mit diesem typischen Polizistenblick, setzte Oona
gleich ein devotes Lächeln auf und sah dann schnell weg,
und Oona dachte, Hochstaplerin oder nicht, die Frau spielte
ihre Rolle gut.

13

OONAS MUTTER GEHÖRTE zu den letzten in der Stadt, die sich verwandelten, es erfüllte sie mit Grauen, aber auch mit Stolz, dem Gefühl, ihr Bestes gegeben und länger ausgehalten zu haben als die meisten, obwohl sie manchmal genau das Gegenteil dachte, dass sie nichts getan hatte, es gab keinen Grund, dass sie erst jetzt dran war, und es bedeutete auch keinen Erfolg, es war einfach so, wie es war.

Sie ging ins Zimmer ihrer Tochter, die noch schlief, aber als Oonas Mutter sich auf die Bettkante setzte, wachte Oona auf und erschrak, und ihre Mutter sah kurz die Angst in ihren Augen aufblitzen, bevor ihre Tochter begriff, was los war, und das tat Oonas Mutter weh, denn keine Mutter sieht gern, dass ihr Kind Angst hat, am wenigsten bei ihrem eigenen Anblick, ein bisschen freute es sie allerdings auch zu sehen, wie ihre Tochter sich dann doch vor einer dunkelhäutigen Fremden fürchtete, es gab ihr das Gefühl, sie zu entwaffnen und letztlich doch in einem Boot mit ihr zu sitzen, und auch die Erinnerung an ihre Auseinandersetzungen erschien dadurch in einem anderen Licht.

Nachdem ihre Mutter dunkelhäutig geworden war, machte Oona sich anfangs Sorgen, sie könne sich etwas antun, denn in Oonas Augen war sie eine gebrochene Frau und würde vielleicht nicht länger leben wollen, und so schlief sie mehrere Nächte lang kaum und sah ständig nach ihrer Mutter, und obwohl sie eigentlich wieder angefangen hatte zu arbeiten, nahm sie sich eine Weile frei, um ein Auge auf sie zu haben, ihre Mutter zeigte jedoch keinerlei Anzeichen, ihr Leben beenden zu wollen, indem sie eine Überdosis Pillen schluckte oder sich in der Badewanne die Pulsadern aufschnitt, nein, wenn überhaupt, schien es ihr besser zu gehen als vorher, zumindest wirkte sie irgendwie erleichtert, so wie jemand, der Angst vor Achterbahnen hat und von Freunden zum Mitfahren gedrängt wird, danach völlig erledigt wieder aussteigt, sich vielleicht sogar verraten fühlt, es aber immerhin hinter sich hat und dann den Rest des Nachmittags genießen kann.

Was nicht heißen sollte, dass Oonas Mutter die Verwandlung leichtnahm, eine Zeit lang wirkte sie immer wieder wie betäubt, gedankenverloren, weigerte sich, irgendwen zu sehen oder gesehen zu werden, außer von Oona, aber Oonas Mutter hatte sowieso schon eine ganze Weile ziemlich zurückgezogen gelebt und war den Winter über ans Haus gebunden gewesen, und jetzt verfolgte sie mit großer Aufmerksamkeit die Social-Media-Aktivitäten ihrer Bekannten, die sich ebenfalls alle verwandelt hatten und zum Teil probeweise erste Bilder von sich posteten, von ihrem neuen Ich, als nähmen sie an einem skandalösen Mummenschanz teil, wobei Oonas Mutter zwar selbst weder Bilder noch Kommentare postete, sich aber alles ganz genau ansehen musste.

Oona fragte sich, ob der Zusammenbruch ihrer Mutter erst später käme, ob sie in ein oder zwei Monaten in jene hoffnungslose Verzweiflung stürzen würde, die Oona schon lange kommen sah, andererseits fragte sie sich auch, ob ihre Mutter vielleicht gar nicht so gebrochen war, wie Oona die ganze Zeit gedacht hatte, ob sie nicht irgendwie immer einen Weg fände weiterzumachen und einfach nur getrauert hatte, nicht einfach, einfach war es natürlich nicht, aber vor allem, vor allem getrauert hatte, wozu eine Frau, die ihren Mann und ihren Sohn verloren hatte, schließlich das Recht hatte, und ob Oona nicht stattdessen aus ihrer eigenen Angst heraus die Angst ihrer Mutter überschätzt hatte, und im Nachhinein konnte sie nicht sagen, konnte Oona nicht sagen, ob wirklich alles so heikel gewesen war, wie sie gedacht hatte, sie wusste nur, dass es ihr jetzt, möglicherweise, etwas weniger heikel erschien, und das beruhigte sie ein wenig, entspannte sie, ein kleines bisschen, nahm ein wenig von der ständigen Anspannung und sorgte dafür, dass sie, ein bisschen, aber doch spürbar, besser schlafen konnte, wenn sie denn schlief.

Eines Abends sah Oona, wie ihre Mutter sich das Profil eines attraktiven dunkelhäutigen Paares ansah, eine Frau und ein Mann, die eine gewisse Haltung, aber auch Verlegenheit ausstrahlten, beide wirkten stolz und gleichzeitig unsicher, und ihre Mutter betrachtete sie eine ganze Weile, und Oona dachte, obwohl sie natürlich nicht ganz sicher war, dass ihre Mutter diese Menschen kannte, zumal sie ihr selbst irgendwie vertraut vorkamen, und das obwohl, als Oona sich die früheren, hellhäutigen Fotos in der Timeline ansah, sie ihr überhaupt nichts sagten.

*

Anders' Vater starb an einem frischen, klaren Morgen, kurz nach Tagesanbruch, und Anders war bei ihm im Zimmer, als er starb, weil er abends gemerkt hatte, dass er anders atmete, und deshalb bei ihm geblieben war, und als sein Vater im Dunkeln die Augen öffnete, sah er Anders an seinem Bett sitzen, und Anders sah seinen Vater sich sehen und dann die Augen wieder schließen, und sein sowieso schon schwerer Atem wurde noch schwerer, bis er praktisch spürbar wurde und die Geräusche den ganzen Raum erfüllten, als atmete Anders' Vater durch ein Tuch, das immer dicker wurde, seine Lunge arbeitete immer härter, und als er aufhörte zu atmen, holte er vorher noch mal tief Luft, so tief, dass es alles aus ihm herauszog, auch sich selbst, und mit diesem letzten Zug ging er dahin.

Erst weinte Anders keine Träne, er saß nur da, und während er so dasaß, war es, als warteten sie auf etwas, Anders und sein Vater, die Hand in Anders' Hand war noch nicht kalt, und erst als Anders sein Handy herausholte, das er in diesem Moment hasste, weil es etwas so Profanes war, etwas so Falsches, weil es Distanz schaffte, wo eigentlich heilige Unmittelbarkeit herrschen sollte, erst als er dieses Stück Glas und Metall in der Hand hielt, der Bildschirm aufleuchtete und er es einhändig beziehungsweise eindaumig bedienen wollte, fing er an zu weinen, und zwar so bitterlich und laut, dass es ihn selbst überraschte und er sich schon ermahnen wollte, und Oona, die ans Telefon ging, verstand ihn nicht, verstand aber, was passiert war, was passiert sein musste, und kurz darauf war sie unterwegs, und dann war sie auch schon da.

Anders' Vater war gestorben, ohne Schulden zu hinterlassen, und hatte auch seine eigene Beerdigung schon bezahlt, beides war eine Frage des Prinzips für ihn gewesen, eines strengen, wenn auch unüblichen Prinzips, und er hatte Anders vorher Anweisungen gegeben, was zu tun sei, die Männer vom Bestattungsinstitut sahen aus wie gut gekleidete Klempner, sie trugen Anders' Vater in ihren Leichenwagen und fuhren zum Bestattungsinstitut, Anders und Oona folgten ihnen, als hätte Anders Angst, sein Vater könnte gestohlen oder an einen falschen Ort gebracht werden, und erst am Bestattungsinstitut ließ er sich von ihm trennen, nachdem die Zuständigen ihm erklärt hatten, man würde ihn anrufen, damit er seinen Vater noch mal sehen könne, sobald er entsprechend zurechtgemacht sei, das machten sie wirklich gut, das Erklären, darin hatten sie Erfahrung, vor allem redeten sie ganz sachlich mit ihm, bestimmt und ohne die Tragweite der Situation herunterzuspielen, weswegen Anders ihnen zuhörte, so wie andere vor ihm auch, und tat wie ihm geheißen und nach Hause fuhr.

Auf dem Rückweg schien die Sonne, als wäre nichts gewesen, nirgends lag mehr Schnee, hier und da war ein Hauch von Grün zu sehen, ein normaler, fast schöner Tag, der, völlig unpassenderweise, versprach, dass der Winter bald zu Ende sein und der Frühling erwachen würde, und das alles war für den schlaflosen, rotäugigen Anders ein Schlag ins Gesicht.

*

Anders hatte seinen Vater durch eine Phase begleitet, die viele Väter im Krankenhaus verbracht hätten, und weil es nur sie beide dort zu Hause gewesen waren, war sein Tod für Anders ein intimes Erlebnis gewesen, wie es der Tod von Oonas Vater und Oonas Bruder für Oona nicht gewesen waren, es war eine alte Art zu sterben gewesen, und jetzt fühlte Anders sich nicht wohl dabei, von seinem Vater getrennt zu sein, ihn von anderen für die Beerdigung zurechtmachen zu lassen, immer wieder sagte er, ich sollte bei ihm sein, ich sollte bei ihm sein, und Oona wusste nicht, was sie darauf antworten sollte, aber sie wusste auch, dass es nicht darauf ankam, was man antwortete, also setzte sie sich zu Anders, hielt Anders in den Armen und sagte hin und wieder, das wirst du, Liebling, warte ab, das wirst du.

Oona hörte sich das Wort sagen, Liebling, Liebe, es berührte sie und gefiel ihr, es auszusprechen, und so mischte sich in diese Zeit der Trauer für sie eine gewisse Freude, die Freude daran, dieses Wort auszusprechen und zu wissen, dass es wahr war, als hätte sie das nicht herausfinden können, ohne es auszuprobieren und zu sehen, ob es sie trug, und das hatte sie jetzt, und es funktionierte.

Vielleicht verklärte Anders seinen Vater, vielleicht bedeutete er für ihn eine Verbindung zur Vergangenheit, zu Traditionen, mit denen Anders nicht vertraut war und nie vertraut sein würde, aber er hatte sich in den Kopf gesetzt, seines Vaters Grab graben zu müssen, und zwar eigenhändig, und er fragte sich, ob sein Vater das Grab seines, Anders', Großvaters gegraben hatte, und aus irgendeinem Grund dachte er, dachte er einfach, dass es so sein musste, sodass Anders schon beim Friedhof anrufen und fragen wollte, ob es möglich sei, aber dann riss er sich zusammen und sagte sich, das ist verrückt, und ließ es sein, er ließ es sein, obwohl er sich genau vorstellen konnte, wie sich die Maserung des Holzschafts und das Gewicht der Schaufel in seinen Händen anfühlten, wenn sie in die Erde stach, und er bereute diese Entscheidung später, nicht bitter, nur ein wenig, aber er bereute sie bis ans Ende seines Lebens.

Bei der Trauerfeier für seinen Vater stand der Sarg halb offen, was Anders an die Hintertür in ihrem Haus erinnerte, eine doppelschlägige Tür, vor der sein Vater manchmal gestanden hatte, als Anders noch ein Kind gewesen war, die

Tür unten geschlossen, das Fenster oben offen, Anders' Vater hatte dann eine Hand auf der Querstrebe liegen und rauchte mit der anderen, und er sah ihn mit einem Gesichtsausdruck an, den Anders nie richtig deuten konnte, nicht unbedingt mit Zuneigung, aber auch nicht ohne, eher, als versuchte er, etwas herauszufinden, und jetzt waren seine Augen geschlossen, und er war geschminkt, was ein bisschen seltsam aussah, und Anders konnte seinen Gesichtsausdruck nicht sehen und würde ihn auch nie wieder sehen.

Anders war davon ausgegangen, die Trauerfeier schlimm zu finden, aber dem war nicht so, es war tröstlich, all diese Menschen um sich zu haben, die gekommen waren, um seinem Vater die letzte Ehre zu erweisen, und Anders wusste nicht, wer wer war, bevor sie sich vorstellten, auch wenn er es manchmal ahnte, und so viele waren es auch nicht, aber doch genug, gerade richtig, all die, denen sein Vater etwas bedeutet hatte, und die Zeremonie war das, was sie sein sollte, nämlich ein Weg, das Geschehene real zu machen und Anders und die anderen Hinterbliebenen in ihrem Verlust miteinander zu verweben, und Anders' weißer Vater war der einzige weiße Mensch dort, der einzige Weiße in der ganzen Stadt, der noch übrig war, sonst gab es niemanden mehr, und dann wurde sein Sarg geschlossen, und er wurde beigesetzt und der Erde übergeben, der letzte weiße Mann, und danach, nach ihm, kam niemand mehr.

14

OONAS MUTTER REDETE NICHT VIEL, wochenlang
starrte sie nur aus dem Fenster und auf ihre Hände und auf
ihre Bildschirme, und sie ging immer wieder auf die Seiten,
auf denen sie früher oft gewesen war, ein paar davon existier-
ten nicht mehr oder waren nicht mehr aktiv, ein paar davon
aber doch, sogar noch aktiver, und auf ein paar von den ak-
tiven war die Rede vom Ende der Welt.

Das endgültige Chaos nahte, hieß es, ein Abgleiten in
Verbrechen und Anarchie, und Kannibalismus, Kannibalismus aus Hunger, oder schlimmer, aus Rache, Blut werde flie-
ßen, das Ende stehe kurz bevor, man solle sich mit Gleich-
gesinnten zusammentun oder zu Hause verbarrikadieren,
bereit zum letzten Gefecht, bevor wir überrollt wurden, denn
nur weil wir dunkelhäutig waren, waren wir nicht sicher, sie
erkannten den Unterschied, sie wussten trotzdem, wer wir
waren, was wir waren, und jetzt würden sie kommen, um
uns zu holen, jetzt, wo wir blind waren und einander nicht
mehr erkannten, nicht erkannten, wer von uns zu uns gehör-

te, wie Raubtiere in der Nacht würden sie kommen und sich auf ihre wehrlose Beute stürzen.

Oonas Mutter las, wie barbarisch sie waren, die Dunkelhäutigen, dass diese Brutalität immer schon in ihnen gesteckt hatte und im Laufe der Geschichte wieder und wieder zutage getreten war, es ließ sich nicht abstreiten, sie las von Beispielen, bei denen ganze Gruppen von Weißen gefallen waren, von Vergewaltigungen, Massakern und Folterungen, denen wir ausgesetzt gewesen waren, und dass es eben ihr Wesen war, das Wesen der Dunkelhäutigen, wann immer sie die Oberhand gewannen, zeigte es sich, und was sie da las, machte ihr Angst, aber vielleicht nicht so viel Angst, wie sie erwartet hätte, oder nicht so lange, wie sie erwartet hätte, immerhin verließ ihre Tochter jeden Tag das Haus mit dem Fahrrad und kehrte jedes Mal mit einem Lächeln zurück, die Post wurde weiter zugestellt, im Übrigen zu viel, zu viele Rechnungen, und die Pflanzen sprossen, der Garten trieb Knospen, und an sonnigen Tagen war es manchmal warm genug, um nachmittags die Fenster aufzumachen, und der Geruch, der dann ins Haus zog, war der Geruch von Frühling, dieser Geruch, den ihr Mann einmal augenzwinkernd einen Geruch zum Herumtollen genannt hatte.

Oonas Mutter landete immer wieder auf den altbekannten Seiten, aber mit der Zeit doch seltener, weil es sie beunruhigte, was dort zu lesen war, beziehungsweise nicht nur weil es sie beunruhigte, sondern weil es sie beunruhigte und sie nicht länger beunruhigt werden wollte, der Kontrast zwischen diesen Leuten und der Welt um sie herum war einfach zu verwirrend, nicht dass sie an ihnen gezweifelt hätte, sie hatten das Herz bestimmt am rechten Fleck und wussten sicher auch eine Menge, aber es machte ihr einfach keinen richtigen Spaß mehr, sich damit zu beschäftigen, und so verbrachte Oonas Mutter, ohne dass sie es geplant hätte, aber nicht ohne Grund, immer weniger Zeit online, und Oona hingegen stellte fest, dass ihre Mutter an den Abenden allmählich durchaus bereit war, mit ihr zu reden.

*

Anders ging jedes Wochenende auf den Friedhof, und normalerweise begleitete Oona ihn, wenn sie bei ihm übernachtet hatte, dann gingen sie zusammen, und wenn nicht, trafen sie sich dort, und einmal, als er schon da war und sie noch unterwegs, fiel ihm auf, wie viele Vögel es dort gab, und dann sah er Oona kommen, sah sie von ihrem Fahrrad steigen und es am Zaun anschließen, mit einer dicken Kette und einem schweren Schloss, da Fahrräder hier nun mal, wie überall, gern gestohlen wurden, und Oona kam auf ihn zu und wirkte irgendwie größer als sonst, was vielleicht an ihrer Haltung lag, nicht steif, eher gerade, ihr Körper gelenkig, nach oben gerichtet, das Kinn leicht angehoben, alles gleichzeitig, als könnte sie jeden Moment lostanzen oder fliegen, und als er sie so sah, dachte er, was für ein Glück er mit Oona hatte, wie sie so aufrecht auf ihn zukam, trotz all der Last, die sie auf ihren Schultern trug, und sie winkte, und er winkte zurück, und es war das erste Mal seit Langem, dass er glücklich war.

Anders' Eltern lagen nebeneinander auf dem Friedhof, in angrenzenden Gräbern, im Schatten eines Baumes, der einen Großteil seines Stamms verloren hatte und davon eine Narbe trug, in der wahrscheinlich kleine Tiere wohnten, wobei gerade keins zu sehen war, das über den Baum gehuscht oder gekrochen wäre, diesen Baum, der sich aufs Geratewohl gen Himmel neigte, ein wenig aus dem Gleichgewicht, aber tief verwurzelt und mit kräftigem Fuß.

Andere Leute gingen vielleicht nicht gern auf Friedhöfe und machten deshalb lieber einen Bogen um sie, aber Anders und Oona waren in dieser Hinsicht untypisch, nicht dass es nichts Schöneres für sie gegeben hätte, aber sie spürten dort doch etwas, also blieben sie stets eine Weile zwischen den Bäumen, den Pflanzen und den Gräbern und dem ein oder anderen Trauernden, tatsächlich waren es meist nur wenige oder auch keiner, und so saßen sie oft allein auf einer Bank oder im Gras, manchmal über Stunden, und redeten oder auch nicht, und in gewisser Weise waren sie zu Hause.

An jenem Tag schlenderten sie gedankenverloren umher, betrachteten die Gräber Unbekannter, lasen einander die eine oder andere Inschrift vor, und Anders erzählte Oona, dass er vor dem Tod seiner Mutter kaum je auf einem Friedhof gewesen sei, tatsächlich könne er, wenn er darüber nachdachte, sich nicht an das erste Mal erinnern, und Oona sagte, sie könne sich auch nicht an ihr erstes Mal erinnern, aber daran, wie ihr Vater beerdigt wurde, die ganze Familie war da, und ihr Bruder war nie wieder hingegangen, er hatte sich geweigert, sie hatten sich nicht oft gestritten, ihr Bruder und sie, aber dieses eine Mal schon, als ihre Mutter sie hatte mitnehmen wollen und ihr Bruder Nein gesagt hatte, es gefiel Oona nicht, ihr gefiel die Art nicht, wie er es sagte, weil es so unhöflich klang, aber nicht nur deswegen, auch weil sie die Angst darin hörte, eine schreckliche Angst, mit der ihre Familie seitdem gelebt hatte, und Oona hatte das beunruhigt, dieser Klang in der Stimme ihres Bruders, also fingen sie an zu streiten, ein erbitterter, heftiger Streit, aber er gab nicht nach, und letztendlich ging er nie mehr hin, auf diesen Friedhof, bis er dann selbst beerdigt wurde.

Anders fragte, ob sie jetzt hingehen wollte, und sie überlegte, ob sie jetzt hingehen wollte, zum Friedhof, auf dem ihr Vater lag, und auf dem ihr Bruder lag, an der Stelle, die eigentlich für ihre Mutter vorgesehen war, wo ihre Mutter aber nicht liegen würde, und Oona merkte, dass sie gern dort hingehen würde, nicht jetzt, aber später, ja, sie würde gern mit Anders dort hingehen, bevor es dunkel wurde, aber in aller Ruhe, sie hatten Zeit, sie war entspannt, Friedhöfe waren wie Flughäfen, sie waren alle miteinander verbunden, und sie lächelte und fragte, ob er wisse, was sie meine, und da lächelte er auch und nickte und sagte Ja.

Sie gingen weiter, Anders legte den Arm um Oona, und er hatte das Gefühl, dass sie vielleicht besonders waren, Oona und er, womöglich spürten sie die Toten stärker als andere, manche Menschen versteckten sich vor den Toten und versuchten, nicht an sie zu denken, aber bei Anders und Oona war das nicht so, sie spürten sie jeden Tag, jede Stunde in ihrem Leben, und dieses Gefühl war ihnen wichtig, es war ein wichtiger Teil ihrer speziellen Art zu leben und nichts, wovor man sich verstecken sollte, denn verstecken konnte man sich nicht davor, das war unmöglich.

*

An einem der folgenden Abende liefen Anders und Oona nach der Arbeit durch die Straßen der Innenstadt, vor einem Eiscafé standen ein paar Kinder mit ihren Eltern und suchten sich ihre Sorten aus, und die Bars waren vielleicht nicht voll, aber auch nicht mehr leer, Anders und Oona betraten also ein solches Etablissement, setzten sich auf Barhocker, hörten der zum Glück nicht zu lauten Musik zu und sahen sich im leicht rötlichen Halbdunkel um, sie bestellten Whiskey, stießen an, prosteten sich nicht zu, sondern schoben nur die Gläser gegeneinander, Glas gegen Glas, eher ein Klacken als ein Klirren, dann hoben sie beide ihren Drink an die Lippen und nippten an der goldenen Flüssigkeit, und der Whiskey brannte in ihren Mündern und Kehlen, denn sie waren hungrig und halb am Verdursten, und sie waren es nicht mehr gewohnt.

Beide waren sie seit Monaten nichts mehr trinken gewesen, und es fühlte sich ein bisschen komisch an, jetzt hier zu

sitzen, niemand in der Bar schien sich so richtig wohlzufüh-
len, weder der Barkeeper noch die Männer am einzigen be-
setzten Tisch, und auch Anders und Oona nicht, keiner von
ihnen, keiner dieser dunkelhäutigen, in Barlicht getauchten
Menschen, die versuchten, sich in dieser vertrauten und doch
so seltsamen Situation zurechtzufinden, und als Oona das
merkte, fragte sie sich, ob es wirklich stimmte, oder ob die
Leute automatisch unentspannt aussahen, wenn man dachte, sie wären unentspannt, so wie sie auch verrückt wirkten,
wenn man dachte, sie wären verrückt, vielleicht sahen sie auch
alle genauso aus wie immer, nur eben dunkelhäutig.

Während sie darüber nachdachte und der Whiskey sich
in ihrem Bauch verteilte, betrachtete sie die Dinge in einem
anderen Licht, und die Barbesucher wirkten nicht mehr so
fehl am Platz, auch Anders nicht, und sie selbst fühlte sich
auch nicht mehr komisch, sie waren einfach Menschen, das
hier war eine Bar, sie tranken Getränke, und Anders redete,
und sie hörte ihm zu und bekam die zweite Hälfte noch mit,
und dann war es weg, der Unterschied war weg, und für
Oona war es wieder ein ganz normaler Abend.

Sie tranken ihre Drinks aus und beschlossen, etwas essen
zu gehen, sie kannte ein nettes Restaurant in der Nähe, wo
es kein Fleisch gab und auch nichts, was so tat, als wäre es
Fleisch, die Zutaten waren aus der Region und wechselten
je nach Saison, auf dem Weg dorthin fiel Oona dann ein,
dass sie gar nicht wusste, ob es geöffnet hatte, ob es überhaupt
noch existierte, aber es existierte noch und es hatte geöffnet,

und die Besitzerinnen waren da, zwei Frauen, und Oona lächelte die eine an und glaubte sie zu erkennen, und die Frau lächelte zurück, als würde sie Oona erkennen, was Oona überraschte, denn woher sollte sie sie kennen, aber dann wurde ihr klar, dass sie das wahrscheinlich bei jedem machte, dass sie jeden Neuankömmling behandelte wie einen alten Stammgast.

Das Essen war köstlich, ein erfreuliches Zeichen der Normalität und nicht zu schwer, sie tranken nur Wasser, Wasser ohne Eis, und sie spürten den Whiskey, nicht stark, aber doch ein bisschen, im Magen, im Blut und im Atem, und sie erfreuten sich an den ungewohnten Aromen und dem Gefühl, mit anderen Menschen zusammen zu sein, denn das Restaurant war zu einem Viertel gefüllt, obwohl es schon spät war, und als sie gingen, stand der Mond am Himmel, und sie schlenderten eine Weile umher und waren total entspannt, bis da dieser Mann auftauchte und ihnen folgte, ein dunkelhäutiger Mann, der erst hinter ihnen blieb und dann zu ihnen aufschloss, Anders und Oona hatten ihn beide wahrgenommen und spürten jetzt, wie er näher kam, und plötzlich brüllte der Mann, und Anders und Oona erschraken, mehr als das, sie waren schockiert, und sie wirbelten herum, ihr Atem ging schnell, Anders hob die Fäuste, und der Mann fing an zu lachen, er beugte sich vor und lachte, dann drehte er sich um, kicherte noch ein bisschen und ging langsam weg.

15

OONAS MUTTER HATTE MIT einem Rachefeldzug gerechnet, und als dieser Rachefeldzug nicht kam, als die, die
vorher weiß gewesen waren, nicht gejagt und in Käfige ge-
sperrt oder ausgepeitscht und getötet wurden, abgesehen von
einer Handvoll Fälle, in denen die Verbrechen besonders ab-
scheulich waren und die Täter ausfindig gemacht werden
konnten, als in jenen ersten Wochen, nachdem die Verwandlung der Stadt abgeschlossen war, nicht reihenweise abge-
rechnet wurde, entspannte sie sich allmählich und stellte fest,
dass sie es gar nicht schlimm fand, unter Menschen zu sein,
die sich nicht großartig voneinander unterschieden, jedenfalls nicht deutlich erkennbar zu dem einen Stamm und kei-
nem anderen gehörten, und dass sie quasi verschont worden
war, wie damals in der Schule, als ihr Lehrer wusste, dass die
ganze Klasse beim Test geschummelt hatte, und er, statt den
Direktor zu rufen, einfach den Test für ungültig erklärt hatte, die Nachricht war klar, die Strafe ausgesetzt, und dabei
beließ er es dann.

Aber Oonas Mutter vermisste es, sie vermisste es, weiß zu sein, und fast mehr noch als ihr eigenes Weißsein vermisste sie, dass ihre Tochter weiß war, und manchmal fragte sie sich, ob ihre Enkel weiß sein würden, ob die Möglichkeit wohl noch bestand, tief im Innersten wusste sie jedoch, dass sie es nicht sein würden, und das machte sie traurig, aber nicht traurig genug, um keine Enkel haben zu wollen, ein neu erwachter Wunsch, der dazu führte, dass sie sich wieder für das Liebesleben ihrer Tochter interessierte.

Ganz offensichtlich hatte dieser Junge, Anders, es ihrer Tochter angetan, und Oonas Mutter wollte, dass zwischen den beiden wieder alles in Ordnung kam, zumal er seitdem nie wieder bei ihnen gewesen war, und jetzt hatte Oona ihr erzählt, dass sein Vater gestorben war, also hatte sie beschlossen, ihm ihr Beileid aussprechen zu wollen, woraufhin ihre Tochter ihn angerufen hatte und er gesagt hatte, das sei doch nett, und so fuhren sie zu ihm, und sie sprachen nicht über den Vorfall in jener Nacht, jene Nacht, die sie beide am liebsten vergessen hätten, dafür hatte Oonas Mutter Erfahrung im Umgang mit dem Tod und setzte sich neben ihn, und nach ein bisschen Small Talk nahm sie zu Oonas und Anders' Erstaunen, und zu ihrem vielleicht auch, seine Hand und erzählte ihm, dass sie auch ein Einzelkind gewesen sei, was damals noch nicht so verbreitet war, und sie erinnerte sich an den Tod ihres Vaters, der gestorben war, nachdem ihre Mutter gestorben war, Oonas Mutter war da noch nicht verheiratet gewesen, sie wisse, wie es sei, wenn man jung war und ganz allein im Haus des Verstorbenen saß, und Anders sah aus, als müsste er gleich weinen, aber er weinte nicht, stattdessen lächelte er, und als sie ihn so ansah, sah sie, wie er Oona ansah, und Oona hatte Tränen in den Augen, ihre Augen waren feucht, aber die Tränen kullerten nicht hinaus, und als sie mit den Schultern zuckte, rief ihre Mutter sie zu sich und nahm sie in den Arm, drückte ihre drahtige Tochter an ihren üppigen Busen, woraufhin Oona grinste und Oonas Mutter dachte, wir drei sind eine richtige Familie.

Auch wenn es vielleicht nicht angebracht schien, verspürte sie plötzlich den dringenden Wunsch, ein Foto zu machen, also setzte sie Oona und Anders nebeneinander, stellte sich davor und machte ein Selfie, und sie schauten, ja, wie schauten sie, entspannt, vertraut miteinander, und es war ein sehr schönes Foto, und noch bevor sie zu Hause war, hatte Oonas Mutter das Bild auf ihrem Social-Media-Account gepostet, das erste Bild seit Langem, und ihr Handy dankte es ihr mit Likes und positiven Kommentaren.

*

Als Oona ihren Führerschein verlängern lassen musste, warf der Sachbearbeiter einen Blick auf das Bild auf der Plastikkarte und dann auf ihr Gesicht, nicht einmal, sondern zweimal, sodass Oona auf die Aufforderung wartete, zu beweisen, dass sie die Person auf dem Foto war, zumal man das nicht wirklich erkennen konnte, aber dazu kam es nicht, stattdessen sah er sie an, als wollte er in sie hineinsehen, und sagte, Oona, wobei es eher nach einer Frage klang, und sie sagte, Ja, und dann sagte er seinen Namen, nur den Vornamen, und obwohl nichts an ihm unverändert war, erkannte sie ihn, und sie umarmten sich, vor allem umarmte Oona ihn, er sie aber auch, erst nicht ganz so fest wie sie, dann aber genauso, und sie verabredeten, dass sie auf ihn wartete, damit sie einen Kaffee trinken gehen konnten, was sie auch tat und sie dann auch taten.

Der Sachbearbeiter war die große Liebe ihres Bruders gewesen, und obwohl ihr Bruder und er während der Highschool eine stürmische On-off-Beziehung gehabt hatten, die unschön geendet hatte, und zwar mehr als einmal, und obwohl ihr Bruder und er sich aus den Augen verloren hatten, war er bei seiner Beerdigung gewesen, hatte weit entfernt von allen anderen gestanden, und als Oona mit ihm reden wollte, war er schon gegangen, und das war erst, konnte das sein, ein paar Monate her, nicht mal ein Jahr, dabei fühlte es sich an wie Jahre her, und auch wenn es nicht Jahre her war, seit sie sich gesehen hatten, war es Jahre her, dass sie sich gesprochen hatten, aber als sie dann beim Kaffee redeten, kam es ihnen vor, als wäre es erst gestern gewesen, als führten sie ein Parallelleben, das abseits von, aber nichtsdestotrotz parallel zu ihrem alten verlief, und auch wenn ihr Bruder nicht mehr da war, schien es fast, als wäre er am Leben, noch am Leben, Oona hingegen war definitiv am Leben, vom Leben an der Kehle gepackt.

Der Sachbearbeiter war ein schöner Mann mit hübschen braunen Augen und großen braunen Händen, er war auch schon damals sehr schön gewesen, aber nicht ganz so wie jetzt, und sie fragte ihn, ob er froh sei, sich verändert zu haben, und er sagte, dass seine Hautfarbe sich verändert habe, sei nur eine von vielen Veränderungen gewesen, die er in letzter Zeit durchgemacht habe, es kam alles zusammen, eine Woche vor der Beerdigung ihres Bruders hatte er geheiratet, ja, geheiratet, wiederholte er, als sie ihn überrascht ansah, dabei sah er genauso überrascht aus, als könnte er es selbst kaum glauben, er war glücklich in seiner Ehe und liebte seinen Mann, aber ihr Bruder war auch da, in seinem Herzen, und würde es auch immer bleiben, das wusste er jetzt, es war ihm auf der Beerdigung klargeworden, er hatte geheiratet und eine Liebe gefunden und eine Liebe verloren und seine Hautfarbe geändert, und was davon am wichtigsten für ihn war, konnte er nicht sagen, aber wahrscheinlich, wahrscheinlich war es nicht die Hautfarbe.

Sie neckte ihn, es stünde ihm gut, also, wie er jetzt aussah, und er antwortete, ich weiß, und sie lachten, und er sagte, dir auch, und sie fragte, wirklich, und er sagte, wirklich, und dann sagte er noch, du sahst vorher immer halb verhungert aus, und sie fragte, und jetzt nicht mehr, und er sagte, jetzt nicht mehr, und sie lächelte, und dann lächelte sie noch mal, und ihr Lächeln wurde immer breiter.

*

145

Es war Frühling, die Morgen waren kühl und herrlich, Anders war ins Haus seiner Eltern gezogen, und Oona zog praktisch mit ein, verbrachte immer mehr Nächte bei ihm und half ihm, das Haus zu entrümpeln, zu renovieren und umzugestalten, sie hatte noch Sachen bei ihrer Mutter und war noch nicht ganz ausgezogen, aber ihre Klamotten türmten sich bereits in ihrem und Anders' neuem Zuhause, und zum Geburtstag schenkte sie ihm dann ein Fahrrad, und so fuhren sie an diesen herrlichen Morgen zusammen mit dem Fahrrad zur Arbeit und holten sich jeden Tag einen Kaffee, bevor sich ihre Wege trennten.

Die Insekten kehrten zurück, am eindrucksvollsten, wenn auch noch zaghaft, die Schmetterlinge, auf ihrer Fahrt entdeckten Oona und Anders die Orte, wo sie sich versammelten, und eines Tages sahen sie eine ganze Wolke von ihnen um einen blühenden Busch herum, und Anders und Oona blieben stehen und schauten ihnen eine Weile zu, beide mit einem Fuß auf dem Boden, sie sagten kein Wort und machten auch keine Fotos, sie sahen ihnen nur zu, und am nächsten Tag, als sie vorbeifuhren, waren die Schmetterlinge weg, und Anders drehte den Kopf zu Oona und wollte etwas sagen, aber als er den Mund aufmachte, flog ein Käfer hinein, und während er das Gesicht verzog und versuchte, ihn auszuspucken, rollte Oona langsam neben ihm aus und lachte.

Die Frau, die ihnen an dem Tag den Kaffee machte, war neu, sie trug eine Latzhose ohne T-Shirt darunter, nur einen BH, obwohl es noch nicht besonders warm war, und vielleicht tat sie das, damit man die Tattoos an ihren Oberarmen und Schultern sah, das Witzige war allerdings, dass sie fast dieselbe Farbe wie ihre Haut hatten, oder vielleicht nicht dieselbe Farbe hatten, aber genauso dunkel waren und deswegen mehr nach Radierungen als nach Tattoos aussahen, zart, raffiniert und strukturiert, fast, aber nicht ganz unsichtbar, sodass Oona sich fragte, ob die Frau sie nach ihrer Verwandlung hatte machen lassen, Oona wusste es natürlich nicht, aber sie glaubte, nicht, sie wollte es jedenfalls glauben, sie wollte glauben, dass die Frau sie schon davor hatte machen lassen und sich dann sozusagen in sie hineinverwandelt hatte, wobei Oona in dem Moment auf die Idee kam, dass die Frau sich womöglich überhaupt nicht verwandelt hatte, und als Oona zahlte, als Oona der Frau das Geld gab, sagte sie, hübsche Tattoos, und die Frau lächelte und sagte danke.

Anders kam es vor, als würde sein Kaffee nicht wie sonst schmecken, aber er war nicht sicher, ob es stimmte oder ob es an dem Käfer lag, der ihm in den Mund geflogen war, er trank lustlos ein paar Schlucke, aber als Oona und er sich dann zum Abschied küssten, war es ein längerer und leidenschaftlicherer morgendlicher Abschiedskuss als sonst, und er war überrascht, aber sie nicht, da es von ihr ausgegangen war, und damit, ohne ein weiteres Wort, gingen sie getrennte Wege, sie zum Studio und er zum Gym.

Der Brandschaden im Gym war behoben und die Spuren größtenteils übermalt, hier und da waren aber noch Rückstände zu sehen, außerdem hatte die monatelange Schließung

finanziell ihren Tribut gefordert, der Laden wirkte schmuck-
los, vor allem angesichts der blühenden Frühlingspracht draußen, es gab keinen Schnickschnack, nur das Notwendigste,
Bänke, Ablagen, Hanteln, Gewichte, Bänder und Ketten, die
Spiegel im Hauptbereich waren verstaubt, sodass Anders sich
fragte, ob der Putzmann die Anweisung bekommen hatte, sie
nicht mehr so oft zu putzen.

Die Reihen der Gewichtheber im Gym hatten sich gelich-
tet, vielleicht weil die Zeiten schwer waren, vielleicht auch,
weil ein paar von ihnen nicht mehr lebten, aber es gab auch
ein paar neue Kunden, und letztendlich hoben sie ihre Gewichte auf dieselbe Art, konzentriert, zum Äußersten ent-
schlossen, unter Aufbietung aller Kräfte, für fünf Wieder-
holungen, oder drei oder eine, nahmen die Männer sich so
hart ran, wie sie konnten, das waren nicht nur Übungen, das
war Training, vielleicht auch kein Training, sondern Kampf,
der Kampf gegen die Schwerkraft, die die Welt auf all die aus-
übt, die auf ihr wandeln, scheinbar auf alle gleichermaßen,
in Wirklichkeit aber nicht, in Wirklichkeit ganz und gar nicht
gleichermaßen.

Von ihnen allen schien der Putzmann sich am wenigsten
verändert zu haben, Anders sah ihm zu, wie er seine Arbeit
verrichtete, er hätte gern ein Gespräch mit ihm angefangen,
aber all seine Versuche verliefen im Sande, an diesem Tag
jedoch hatte Anders eine Idee, er wartete, bis es spät und niemand mehr in der Nähe war, und sagte zum Putzmann, ich
könnte dich trainieren, du könntest ab und zu ein paar Ge-

wichte stemmen, wie wir alle, hättest du Lust, und der Putzmann sah Anders an und sagte, nein, und dann fügte er hinzu, weniger abrupt und ohne zu lächeln, jedenfalls ohne ein
Lächeln auf den Lippen, vielleicht allerdings in den Augen,
das war schwer zu sagen, ehrlich gesagt hätte es auch das
Gegenteil von einem Lächeln sein können, mit diesem Gesichtsausdruck jedenfalls fügte der Putzmann hinzu, was
ich gern hätte, ist eine Gehaltserhöhung.

16

MANCHMAL FÜHLTE ES SICH SO AN, als wäre die Stadt eine Stadt in Trauer, und das Land ein Land in Trauer, und Anders war das nur recht, und Oona auch, es deckte sich meist mit ihren eigenen Gefühlen, aber manchmal fühlte es sich auch an wie das Gegenteil, als würde etwa Neues entstehen, und seltsamerweise war ihnen das auch recht.

Äußerlich hatte die Stadt sich nicht groß verändert, zumindest anfangs nicht, bis auf die Leute, die in ihr lebten, natürlich, aber im Winter hatte sie schwer gelitten, es gab einiges zu tun, und nach und nach wurde ein Teil davon auch in Angriff genommen, nichts Spektakuläres, ein Trupp in Schutzhelmen, der an einer Brücke arbeitete und gelegentlich Funken in Richtung Fluss regnen ließ, oder eine knallgelbe rumpelnde Walze, die den Straßenbelag erneuerte, während der Wind den Geruch von Benzin und frischem Asphalt davontrug.

Wenn Anders so etwas sah, musste er an seinen Vater denken, und erst recht, wenn er es roch, wenn er den Zement roch, die frische Farbe oder das unbehandelte Holz, aber die Erinnerungen an seinen Vater waren nicht nur schön, sondern auch schmerzhaft, und obwohl Anders dachte, dass er sich vor seinem Vater gut geschlagen hatte, vor allem am Ende, war er nicht sicher, wie gut er sich geschlagen hatte, und er vermutete oder befürchtete, dass sein Vater es auch nicht gewesen war, dass er nicht sicher gewesen war, wie Anders sich geschlagen hatte, vielleicht war das zwischen Vätern und Söhnen einfach so, oder zwischen bestimmten Vätern und bestimmten Söhnen, aber es war auch Liebe da gewesen, Anders hatte das Gefühl, dass sein Vater ihn geliebt hatte und dass er, Anders, seinen Vater geliebt hatte, dass sie, letzten Endes, nicht übereinander geurteilt hatten, und dieses Gefühl half ihm durch diese Zeit.

Das Haus seiner Kindheit zu entrümpeln fiel Anders schwer, aber es musste sein, und Oona half ihm dabei, sie schliffen, spachtelten, hämmerten und pinselten, und später erinnerten sie sich an diese Zeit, sie beide, halbnackt, die bloße Haut mit Farbe besprenkelt, als eine, in der sie sich besonders nah gewesen waren, und das Foto, das Oona einmal dabei von ihnen machte, stellten sie in ihrem gemeinsamen Schlafzimmer auf, und jedes Mal, wenn sie später stritten, diente es ihnen als Erinnerung an den Beginn ihres gemeinsamen Nestbaus.

Das Haus wurde komplett ausgeräumt, schichtweise Dreck, Rauch und Staub entfernt, das Elternschlafzimmer gestalteten Anders und Oona um, und aus dem dritten Zimmer, das jahrzehntelang als Arbeitszimmer genutzt worden war, zumal Anders nie ein Geschwister bekommen hatte, das einen Anspruch darauf erhoben hätte, trotz ernsthafter Versuche und Hoffnungen seitens seiner Eltern, aus diesem Zimmer also machten sie einen Fitness- und Meditationsraum, stellten aber auch ein paar Sachen von Anders' Eltern rein, die er gern behalten wollte, diversen Schnickschnack, ein paar Bilder und eine kleine Trophäe, die eingerahmten Diplome seines Vaters und seiner Mutter, und so fühlte der Raum sich trotz Kugelhanteln, Yogamatten und Schaumstoffrollen vertraut an und am wenigsten verändert von allen Zimmern im Haus.

Anders' Zimmer, sein Kinderzimmer, ließen sie leer, frisch gestrichen und unbewohnt, als wäre gerade jemand ausgezogen oder wollte einziehen, und ob das einen bestimmten Grund hatte, ob es ein Wink an die Vergangenheit war, oder an die Zukunft, oder beides, hätte zu dem Zeitpunkt wahrscheinlich weder Anders noch Oona sagen wollen.

*

Die Jahre verstrichen schnell für Anders und Oona, von Jahr zu Jahr schneller, wie bei uns allen, und während die Erinnerungen an das Weißsein verblassten, blieben sie teilweise auch bestehen, und als ihre Tochter zur Welt kam, ein zähes kleines Mädchen in einem zerbrechlichen kleinen Körper, bald schon groß und schlank und mit wildem Blick, nicht besonders auf Körperkontakt aus, hin und wieder aber durchaus fähig zu atemberaubend zärtlichen Worten, atemberaubend, weil so direkt und außergewöhnlich, ein Ich liebe dich mit einem festen Blick wie eine Erwachsene, fast anklagend, ja, als ihre Tochter kam und schnell, zu schnell, größer wurde, wollten sie ihr etwas von früher mitgeben, ihr Erbe, und sie erzählten ihr vom Weißsein, und wie es gewesen war, und von Anders' Vater, der ihr sehr ähnlich gewesen sei, vollkommen anders, aber auch sehr ähnlich, und von Anders' Mutter, der Lehrerin, und von Oonas Vater und von Oonas Bruder, von ihnen allen, ihren Vorfahren, den Menschen, von denen sie abstammte, und sie hörte zu, interessiert, aber still, ohne nachzufragen, und ihren Eltern war nie ganz klar, wie viel sie und auch die anderen jungen Leute wirklich verstanden.

Anders und Oona sprachen nicht viel über die Vergangenheit, aber Oonas Mutter, die Großmutter des Mädchens, dafür umso mehr, sie versuchte, ihr ein Gefühl dafür zu vermitteln, wie es damals gewesen war, woher sie eigentlich kamen, für das Weißsein, das man nicht mehr sah, das aber immer noch ein Teil von ihnen war, und das Mädchen hatte seine Großmutter gern und war ihr gegenüber erstaunlich tolerant, und so überraschte sie ihre Großmutter, als sie sie eines Tages unterbrach, als sie ihre Großmutter bei den Händen hielt und sagte Stopp, nur das eine Wort, Stopp, das war alles, aber es traf ihre Großmutter tief, denn sie sah, dass das Mädchen sich schämte, und zwar nicht für sich selbst, sondern für sie, ihre Großmutter, und ihre Großmutter spürte eine große Wut in sich aufsteigen, aber mehr noch als Wut verspürte sie Kummer, ein tiefes Gefühl des Verlusts, doch das Mädchen ließ ihre Hände nicht los, sie hielt sie fest, sie hielt sie fest und sah die Emotionen in den Augen ihrer Großmutter aufflammen, und als sie eine Weile so vor sich hin geglüht hatten und dann langsam erloschen, verebbten, senkte das Mädchen den Kopf und küsste die papierene Haut auf den Knöcheln ihrer Großmutter mit ihren weichen, feuchten Lippen, und sie wartete und wartete, bis ihre Großmutter endlich den Kopf schüttelte und, irgendwie, ein bisschen, lächelte.

*

Oona stand ihrer Tochter nahe, je nach Alter des Kindes mal mehr, mal weniger, diese Nähe kehrte immer wieder zurück, wenn sie ihren Verlust gerade am meisten befürchtete, und Oona war immer wieder verblüfft von ihrer Tochter, von ihrer Härte und auch von ihrem stillen Selbstvertrauen, und sie fragte sich, ob sie früher auch so gewesen war, vielleicht ja, ein bisschen, aber so richtig sicher war sie nicht, ihre Tochter war klein, wirkte aber groß, größer als ihr Körper, größer als Oona, sie konnte einen Raum einnehmen, ohne ein Wort zu sagen, wie ein Revolverheld, der einen Saloon betrat.

Je älter ihre Tochter wurde, desto weniger Sorgen machte Oona sich um sie, was für beide eine Erleichterung war, da

Oona immer wieder Anzeichen für die Verletzlichkeit ihres Bruders, und ihre eigene, in ihr gesucht hatte, die sie, wenn überhaupt, nur mit viel Mühe fand, und wenn sie stritten, Oona und ihre Tochter, was nicht oft vorkam, stellte Oona fest, dass sie sich wahnsinnig über ihre Sturheit aufregen konnte, sich gleichzeitig aber auch insgeheim darüber freute, dass die Kleine sich nicht unterkriegen ließ.

Anders und Oona bekamen kein zweites Kind, mit der Zeit schliefen sie seltener miteinander und wenn, dann nicht mehr abends, sondern morgens, wenn das Verlangen sie zufällig beide zur selben Zeit packte, wenn sie ausgeruht und seltsam potent zu Beginn eines neuen Tages im Bett lagen, und bei einer solchen Gelegenheit streckte Anders die Hand nach Oonas Rücken aus, als Frage, und sie schmunzelte und rückte ihm als Antwort ein Stück entgegen, und in dem Augenblick ging die Tür auf, und ihre Tochter kam herein, wie immer ohne zu klopfen, aber so früh war sie am Wochenende selten auf den Beinen, und noch seltener kam sie zu ihnen ins Bett geklettert und legte sich zwischen sie, sie war jetzt ein Teenager, und sie war komplett angezogen und roch nach durchfeierter Nacht, und da wurde Oona klar, dass ihre Tochter noch gar nicht geschlafen hatte, und sie sah in ihren Augen nicht unbedingt Angst, aber etwas anderes, Unergründliches, und sie legte den Arm um ihr Mädchen, ein halbes Kind, wer wusste, wie lange noch, und Anders sah sie an, seine Tochter, sah aber ihr abgewandtes Gesicht nicht, nur ihre Haare, ihr Ohr, den Rand vom Wangenknochen und vom

Kinn, aber er sah sie auch ganz, vor seinem inneren Auge, ihren Gesichtsausdruck, und in dem Moment stellte er sie sich plötzlich alt vor, als alte Frau, wenn Oona und er schon nicht mehr wären, und er spürte, wie es ihn traf, dieses Bild von seiner Tochter viele Jahre später, und er legte seine braune Hand auf ihre braune Wange und tröstete sie, seine braune Tochter, seine Tochter, und wunderbarerweise ließ sie es zu.

Mehr von Mohsin Hamid bei DuMont

NACHTSCHMETTERLINGE
320 Seiten / Auch als eBook

»Ein ungewöhnliches und fesselndes Debüt, das einen Einblick in die
Welt eines der einnehmendsten Antihelden der jüngsten Zeit gewährt.«
PUBLISHER'S WEEKLY

DER FUNDAMENTALIST, DER KEINER SEIN WOLLTE
192 Seiten / Auch als eBook

»Einer jener wenigen Romane, die man nicht mehr aus der Hand legen
kann, wenn man einmal angefangen hat zu lesen.«
DEUTSCHLANDFUNK

SO WIRST DU STINKREICH IM BOOMENDEN ASIEN
224 Seiten / Auch als eBook

»Seinen glänzenden Ruf als Seismograf der Umbrüche, die den
indischen Subkontinent heute durchrütteln, bestätigt Mohsin Hamid
hier aufs Neue.«
FALTER

www.dumont-buchverlag.de

ES WAR EINMAL IN EINEM ANDEREN LEBEN

224 Seiten / Auch als eBook

»Als Essayist verbindet Mohsin Hamid den scharfen Blick eines politischen Kommentators mit der freimütigen Reflexion seiner eigenen Existenz zwischen den Kulturen.«

RBB KULTURRADIO

EXIT WEST

224 Seiten / Auch als eBook

»Eine Feier der Resilienz und der Gemeinsamkeiten, die alle Menschen jenseits von Grenzen und Nationen und Migrationsrouten teilen.«

MITHU SANYAL